介護退職

楡 周平

介護退職

大学で東京に出るのは自然なことだった。
そのまま職を東京で求めることもまた、自然なことだった。
田舎《いなか》に両親を残すことなど、気にも留めなかった。
父母がやがて老いる時のことなど考えもしなかった。
だけど今にして思う。
親子の絆《きずな》が断ち切れぬものである以上、その時のことに備えておくべきだったと――。

1

ドアを出た瞬間、刺すような冷気に包まれた。

時刻は七時ちょうど。すでに日はとっぷりと暮れている。丸《まる》の内《うち》のオフィス街のビルからは白い明かりが零《こぼ》れ、街路樹には白銀に輝く無数のイルミネーションが灯《とも》っている。

年の瀬の声を聞く頃になると、繁華街では珍しくはない光景になったが、入社した二十八年前を思えばここも随分《ずいぶん》変わったものだと思う。

かつての丸の内といえば、一階は、証券会社か銀行の支店と決まっていた。路上を行き交《か》うのはオフィスで働く人間ばかり。冬のこの時間ともなれば、薄暗い街路灯の中に、通りはひっそりと静まり返っていたものだ。

それが今では煉瓦《れんが》が敷き詰められた歩道に沿って、きらびやかな明かりを灯すブランドショップが軒《のき》を連ねる。この時間になってもなお、家路を急ぐビジネスマンの群れに交じって、買い物目当ての観光客がバスで乗りつけ、結構な賑《にぎ》わいである。これで路上を行き交うタクシーの車体がすべて黄色に塗られていたなら、ニューヨークのオフィス街の光景そのものだ。

私はその中の一台に向かって手を挙げると、

「銀座《ぎんざ》、コリドー街へ……」

乗り込みながら行き先を告げた。

夜の席に出掛けるのは、これで五日連続になる。

毎年恒例の忘年会。仕事柄、酒の席は慣れてはいても、さすがに週明けから週末まで毎日飲み続けは、五十歳にもなると身に応《こた》える。

シートに身を預け、何気なく外を見る。帰宅途中と思《おぼ》しき人たちに、真新しい紙袋を提《さ》げている姿が目につく。

今日はクリスマス当日だ。部下にしたところで、家族や愛《いと》しい人と夜を過ごしたいのが本音だろうが、忘年会がこの時期に集中するのには理由があった。

私は唐木栄太郎《からきえいたろう》。総合家電メーカー、三國《みくに》電産の国際事業本部で、北米事業部の部長をしている。

国際事業本部の任務は多岐に亘《わた》る。製造拠点の選定、設置から始まって、マーケティング調査、販売計画の立案、ディーラーの開発支援に至るまで、現地法人の上部組織として統轄する。

男性四十名、女性二十名が五つの課に分かれた大所帯である。総合職採用の多くは、日頃から北米と日本の間を足繁《しげ》く往復する。特にアメリカの景気指標とさえ言われるクリスマスシーズン前は、三國電産の北米事業部にとっても業務量がピークを迎える。勢い全員揃《そろ》っての忘年会となると、繁忙期を過ぎて人心地《ひとごこち》のついたこの時期に集中してしまうのだ。

だからここ数日、部下たちが覚えるプレッシャー、ストレスは半端なものではない。

大きな期待と一抹《いちまつ》の不安を抱《いだ》きながらも、やることはやった。後は結果を待つばかりとなった部下たちは、一気に弾《はじ》ける。鯨飲《げいいん》し、食べ、そして吠《ほ》える。

もっとも、部長は義理で呼ばれるようなものだから、顔を出すのは一次会だけなのだが、それでも部下たちが酒を注《つ》ぎに来れば受けぬわけにはいかない。家路につく頃にはほろ酔いの域を出、タクシーの中で眠りこけてしまうのは毎度のことだ。

丸の内から銀座までは僅《わず》かな距離だ。程なくしてタクシーはコリドー街に入る。どれほどの効果があるかは分からないが、私は肝臓に効《き》くというドリンク剤を飲み干した。

「ここでいい」

ずらりと並ぶ看板の一つに『水音《みずおと》』という店名を見つけてタクシーを止めた。

確か今日の会場は蕎麦屋《そば》だったな。

気合いを入れて階段を上り、格子戸《こうしど》を引き開ける。素早く私の姿を見つけた北米営業課長の勝浦《かつうら》が、

「部長、お待ちしておりました。申し訳ありませんが先に始めさせていただいてます」

早くも酔いが回っていると見え、騒がしい店内に一際《ひときわ》響く胴間声を上げた。

「遅くなってすまんね……」

私が一つだけ空《あ》けられていた上座に腰を下ろすや、

「部長、どうぞ」

勝浦がビールを勧めてきた。それをコップに受け、一息に呷《あお》ったのを見計らって、

「早々ですが、ご挨拶《あいさつ》を……」

と続けて促《うなが》してきた。

部長の挨拶は慣例である。五日連続の忘年会、しかも目的を同じくする者を前にして喋《しゃべ》る言葉は決まっている。

私は「じゃあ、手短に」と断りながら立ち上がった。

「早いもので、今年ももうすぐ終わりだ。この一年、みんな本当によくやってくれた。来年は、ノースカロライナに建設中の工場が完成し、これまで北米市場では本格参入を控えていた白物《しろもの》の販売に本格的に乗り出す。この事業の結果如何《いかん》に、我が社の行く末が懸《か》かっている。仕事は今まで以上に忙しくなるだろうが、いい年末を迎えられるよう、来年もがんばってくれ。私が言いたいことは以上だ。今夜は無礼講だ。大いに飲もう」

本音を言えば、業績には必ずしも満足してはいなかった。部長になってから三年。かつて日本製品の独壇場だったテレビやオーディオ機器も、韓国・中国勢の台頭《たいとう》で、売り上げは伸び悩んでいる。

しかし、忘年会の場で部下たちの尻を叩《たた》くような言葉を吐くのは野暮というものだ。

誰もが厳しいノルマを課され、結果を問われる身である。それは、我が身にしたところで同じこと。これから二、三年のうちに、北米市場でどれだけの実績が上げられるかに、部長で終わるか、あるいはもう一段の高み、取締役国際事業本部長の座に就《つ》けるかが懸かっている。そして、その成否を握るのは他の誰でもない、この部下たちなのだ。

私の挨拶が終わると、座は息を吹き返したように賑やかになった。部下が次々に手に徳利《とつくり》を持って酒を注ぎに現れる。盃《さかずき》を干して返杯を繰《く》り返すうちに、たちまち酔いが回り始める。

「部長、どうぞ！　来年も宜《よろ》しくお願いいたします」

最後に、一番歳の若い猿橋正太郎《さるはししようたろう》が酒を差し出してきた。確か入社六年目、北米事業部に配属されて二年になるはずだ。彼の年齢でこの部署に回されてくるのは有能な証《あかし》である。

猿橋が注ぐ温燗《ぬるかん》を一息に飲み干す。返す手で前に置かれた徳利を取り、彼の盃を満たしてやる。

「タフやなあ。お前、一昨日《おととい》ヒューストンから帰ってきたばかりちがうんか」

隣《となり》に座る勝浦が呆《あき》れた口調で言う。

「ダラスから成田《なりた》までぶっ通しで寝てきましたから、体調バッチリです。昨夜も忘年会を兼ねた同期会をやって、寮に戻ったのは午前三時でした」

猿橋は若さを誇るように盃を空けると、今度は勝浦に酒を注ぐ。

「同期会なあ……。そないなもん、ながいことやってへんなあ」

勝浦がぽつりと言った。

「課長の歳になれば、みんな家庭がありますからね。イヴの夜に同期会が開けるのも、独身者であればこそです。その点、僕らの同期は、まだ男女とも独身が多いですし、東京本社、近辺の支店だけでも五十人ほどはいますから」

「そうやない。同期の桜言うて仲良うできるのも、咲いた花なら散るのは覚悟、誰もが死を覚悟の軍人世界だけの話やで。全員横並びに昇格でける課長代理まではええが、そこから先は差が開き始める。そうなりゃ、一人欠け、二人欠け、やがて同期会なんて、誰も音頭《おんど》を取らんようになってしまうもんや」

「そんなもんですかね」

「そんなもんやで。なんせ同期いうのは、限られたポストを争う最大のライバルやさかいな。ねえ、部長」

勝浦が酔いの回った口調で話を振ってきた。

確かに、勝浦の見解は的《まと》を射ているには違いないが、こんな席でそれを追認するのは無粋《ぶすい》に過ぎる。私は曖昧《あいまい》な笑いを浮かべると、

「ところで、出掛けに君の出張報告書を読ませてもらったが、パワーグリーンとの交渉、うまく纏《まと》まりそうな気配なんだって」

話題を変えた。

「ええ。ヒューストン本部の購買担当の反応が、ことのほかいいんです。アメリカの白物家電は、ユーザーのニーズも違えば、使用環境もだいぶ異《こと》なることもあって、日本スペックの商品はまず売れないと考えていたようなんですが、ノースカロライナに工場を建設し、現地仕様の製品を製造すると知った途端に反応が変わったんです。品質、信頼性の高さは充分認知されている上に、省電力となれば、売れぬわけがないと言いましてね」

猿橋は、声を弾《はず》ませた。

「パワーグリーンは、どこのショッピングモールに行っても必ずある全米最大規模の家電販売店だ。あそこを押さえることができれば、アメリカでの白物販売に大きな初速がつく」

「これも部長が今回のプロジェクトを強烈に推進したお陰ですわ。白物家電はアメリカメーカーの聖域。ライフスタイルの違いゆえに、開発コンセプトが根本的に違う日本メーカーには付け入る隙《すき》がないと言う上層部を説得して、ならばニーズに合った製品を製造して販売すればええ。性能はこちらの方が数段優《まさ》る。優れた製品が受け入れられないわけがない。それが早くも実証されたいうことですわ」

勝浦が呵々《かか》と笑った。

「上層部を説得したのは俺じゃない。取締役の桑田《くわた》さんだ」

「発案しはったのは、次長時代の部長やないですか。桑田さんが押したのは、部長の発案にそれだけの説得力と実現性があったからやないですか」

「半導体は駄目、パソコンも駄目。さらにはテレビも白物家電も、通用するのは国内と東南アジア程度。ヨーロッパには地元に揺るぎないシェアを持つ巨人がいるとなりゃ、誰だってアメリカに目がいくさ。いっときの勢いはないとはいえ、アメリカが一大市場であることには変わりはないし、明日のことを考えて貯蓄するより今日の快適な暮らしをと願う国民性は、そう変わるもんじゃない。結論が行き着くところは目に見えているさ」

「誰がやっても同じ結論が出るような仕事に、会社は三百億もの投資はしませんがな」勝浦は徳利を持ち上げると、「そやけど、これで一安心ですな。パワーグリーン全店でうちの白物を扱《あつこ》うてもらえるいうことになれば、新工場の生産見通しも当初予定を大幅に上回ります。生産ロットが増せば、製造コストは下がる——」

私の盃を酒で満たした。

「話がうまく纏まれば……ね」

「何が何でも纏めてみせますがな」

「それは頼もしい言葉だが、パワーグリーンだって、全店でうちの白物を扱うとなれば、相当なロットになることは先刻承知だ。製造コストが下がることも織り込み済みさ。それに並み居る他のメーカーの製品を押しのけて、うちの展示スペースを設けるんだ。相当厳しい条件を突き付けてくるだろう。それだけじゃない。販路が広がるということは、メンテナンスネットワークの構築、サービスマン教育なんかについても詰めねばならん。やらにゃいかんことは山ほど出てくるぞ」

「まあ、条件交渉に関しては、日本の家電量販相手にさんざん鍛《きた》えられてますからね。我々営業部隊は現法の連中と一体となって売りまくるだけですが、その点、部長は北米市場全般に責任を持つんですから、大変ですな」

「いいのかね。そんな他人事《ひとごと》のように言っていて。後方支援部隊あっての営業だよ。最前線部隊が勢いに乗って突撃していくと、兵站《へいたん》線が追いつかなくなって自滅する。それじゃ第二次大戦の日本軍と同じになっちまう」

「鞭《むち》を入れながら、手綱《たづな》を引く。部長の仕事も楽じゃありませんな」

仕事の前途に光明が差していればこそ、勝浦も軽口が叩けるというものだ。

酔いの回った顔一杯に笑みを浮かべた勝浦が、ふとポケットから携帯電話を取り出した。マナーモードにしているせいで着信音は鳴らないが、緑のランプが点滅を繰り返している。

「メールや……。ったく、便利になったんだか、不便になったんだか分かりゃしまへんな。酒を飲んでようと、寝てようと、お構いなしに仕事が追っかけてくる」

そう言いながら勝浦は、ボタンを操作すると、

「ニューヨークの谷繁《たにしげ》君からや」

画面に表示された文面に目を走らせ始める。

「彼も熱心だね。向こうはまだ、午前七時にもなってないだろう。しかもクリスマス休暇の最中だってのにね、いったい何だ」

「クリスマス商戦の速報ですね……」

酔いが回っていた勝浦の目が、一転して真剣なものに変わった。

「どうだ」

「確定数値ではありませんが、現時点での目標達成率八十六％。まあ、この分やと、何とか数字は整いそうですが、あんまりぱっとしませんな」

「なんせ今期はこれといって目玉になる商品がなかったからなあ」

「一昔前までは、テレビ、ビデオ、ＤＶＤ、それに携帯型音楽プレーヤーと、アメリカ市場は日本製品の独壇場やったのが嘘《うそ》のようです。映像関係は韓国・中国製品に押

されとるし、音楽関係は今やパソコンメーカーの独壇場ですからね。今期は、新型電子カメラいう売り物があったんで何とか形になりましたけど、あれがなければ壊滅的な結果になってましたわ」

言葉を発する度《たび》に勝浦のテンションがどんどん下がっていく。

「この数年、北米事業部に課される販売達成目標が下がり続けているのは、達成不可能な数字を課しても意味はないと上が判断したからだ。だけどな、本来会社組織においてて、期首の目標が前年度を下回るなんてことはあってはならんのだ。ハードルが下がって楽になったと考える者がいたとしたら、そいつは営業マンは失格だ。まっとうな営業マンなら、屈辱だと感じなければならない。それは経営者にとっても同じでね。だからこそかかる事態を打開するために、会社も北米市場に活路を見いだすためには、もはや白物に力を注ぐ以外にないと決断したんだ」

私は言った。

「白物は家電製品の原点。市場もでかいし、何よりも日本メーカーには長年に亘って国内市場で蓄積してきたノウハウがありますからね。韓国・中国メーカーが乗り出そうにも、そう簡単に追いつけるもんじゃない。現地に工場を建てて、生産から販売まで一貫した商売に踏み切った会社の決断には意気込みを感じますわ」

「もっとも、原点に立ち返るというところが、我が社が今置かれている立場を如実《にょじつ》に示しているわけだがね……」

「それは現法の連中も、相当な危機感を持って受け止めていますよ」それまで、黙って二人の会話を聞いていた猿橋が口を挟んだ。「三國アメリカの規模も縮小される一方です。人員も随分減らされましたし、このままでは長年かけて築き上げた販売ネットワークも崩壊してしまう。そうなれば、再度アメリカということになっても、今度は肝心《かんじん》のセールスチャンネルがないということになりますからね。三國アメリカ、いや三國電産の今後が、今回の工場建設には懸かっているんだと」

「そのとおりだよ。だから、北米市場での白物販売は失敗するわけにはいかんのだ。当然、工場が稼働を始める来年度の売り上げ目標は、今年度の比じゃない。二倍、あるいは三倍のノルマを課せられるだろう。その点から言えば、君が交渉中のパワーグリーンとの商談の結果は、北米事業部どころか、三國電産の今後を占う重要なものになる」

「最終的な条件交渉は年明けからが本番ですが、彼らもこちらの苦境は先刻承知。足元を見るような条件を提示してくるでしょうが、絶対ものにしなければなりません。展開次第では、部長にも足を運んでもらわなければならないことにもなるかと思いますが、その際は宜しくお願いいたします」

「俺はただの飾りじゃないぜ。来いと言われれば、いつだって出向くさ。遠慮なく言ってくれ」

「ありがとうございます」猿橋は頭を下げると、「そういえば、先日のヒューストン。谷繁さんもニューヨークから来て、同席してくださったんですが、その時、面白いことを言ってましたよ。これから住宅ディベロッパーに食い込んでみようかと思っているって」

ふと思い出したように言った。

「なるほど、住宅ディベロッパーか。そら、ええところに目をつけたもんやな。注文住宅は別として、建て売り、ましてやマンションともなれば、アメリカの家の白物は備え付けが基本や。商談は本部交渉一括やし、受注に漕《こ》ぎ着けられれば、量も捌《さば》けるな」

勝浦は目を輝かせる。

「そうなんです。住宅建設は事前にプランありき。建設戸数は決まっているものだ。当然、受注に成功すれば、工場の生産計画も中長期的に高い確度で立てられる。結果、部品調達、稼働計画も含めて、無駄のないオペレーションができますからね。いいことずくめですよ」

二人の言うことに間違いはない。

「で、谷繁君には商談の持って行き所の当てがあるのかね」

私は訊《たず》ねた。

「まだ感触を探っている段階だとは言っていましたが、ニューヨークに本社を置く大手建設会社とコンタクトを取り始めているようですよ。経済が伸び悩んでいるとはいえ、住宅建設には復調の兆《きざ》しが出ていますし、アメリカの場合、日本とは違って住宅地の開発はスクラップ・アンド・ビルドではなく、一から大規模住宅街を造り上げるケースが多いですからね。実際の建設は地元企業が請け負うにしても、開発母体は資本力のある大企業というのは日本と同じ。設計・企画の段階で、ウチの製品が採用されればと考えているんでしょう」

「それは是が非でも実現しなければならんよ。パワーグリーンに食い込んだ上に、住宅産業をものにできれば、北米工場のオペレーションにはまたとない追い風になる。白物を足掛かりにして、他製品のシェアも伸ばすことができるかもしれない」

私は勝浦の目を見据えると、

「事は北米事業部だけの話じゃない。社の将来に関わる案件だ。君の方からも谷繁君や猿橋君をしっかりフォローしてやってくれ」

声に力を込めた。

2

一次会が終わったのは、午後九時半を回った頃だった。

二次会へと向かう部下たちと別れ、私は帝国《ていこく》ホテルへと向かった。銀座ではこの時間、流しのタクシーを拾うことはできないからだ。

燗をした日本酒を体に入れたせいもあって、頬《ほお》に感ずる冷気が心地よい。銀座の街は、忘年会の流れか、あるいはクリスマスの夜を祝うと思しきサラリーマンたちのグループでいっぱいだった。

タクシー乗り場に列はなかった。

私は後部座席に乗り込み、

「杉並《すぎなみ》の宮前《みやまえ》へ。高速を使ってくれていい」

運転手に向かって告げた。

タクシーは日比谷《ひびや》公園沿いを霞《かすみ》が関《せき》に向かって走り始める。

これで、忘年会も終わる……。

そう思うと急に疲労感が込み上げてきた。

私はネクタイを緩《ゆる》め、ワイシャツのボタンを外した。セーブしたつもりでも、やはりそれなりの量を飲んでしまったのだろう。暖かな車内にいると、睡魔が襲ってくる。途切れがちになりそうな意識の中で、私は宴席での会話を思い出していた。

同期か――。

同じ国際事業本部で東南アジア事業部の部長をしている芝草大介《しばくさだいすけ》の顔が脳裏《のうり》に浮かんだ。

部長のポストを射止めたのは、こちらの方が一年ほど早かったが、この程度の違いは誤差の範囲というもので、今後数年間の実績が二人の運命を決することは間違いない。勝者は取締役の椅子をものにし、敗者は子会社へ転出。それも運よくポストに空きがあれば、だ。

サラリーマンならば誰しもが、ボードメンバーに名を連ねることは夢であるはずだ。もちろんそのポストに就くことは、今までとは比較にならない重責を担《にな》うことにはなるのだが、同時に地位に相応《ふさわ》しい待遇を手にすることでもある。そしてこの場合の待遇とは、単に専用車や部屋、そして秘書が与えられるというような表面的なことに留《とど》まらず、生涯賃金に最も顕著に表れ、それは老後の生活を如何《いか》に過ごせるかを大きく左右する。

現在のポストに就いて三年。少なくともこの間の業績に関しては、芝草に軍配が上がる。東南アジアでも韓国、中国勢に押されて苦しい戦いを強《し》いられていることは同じだが、販売商品の企画やラインナップは日本のものがほとんど通用する上に、三國のブランド力もかつてほどとは言えぬとはいえ、まだ充分に通用する。

市場環境の違いがそのまま実績に表れているのだと言えばそれまでだ。しかし、昇進は実績を残した者だけに与えられる報奨である。それが企業社会の冷徹な掟《おきて》だ。

いずれにしても、ここ二、三年の実績で勝負が決まる。

その意味でも、今回のアメリカ進出は、どんなことがあっても失敗はできない。何が何でも成功させ、役員の地位をものにしなければならない。

「お客さん。高速混んでますけど、どうします」

運転手の声で我に返った。

タクシーは、霞が関ランプの入り口近くまで来ている。ゲートの上に掲げられた表示板に、新宿《しんじゅく》線の外苑《がいえん》付近に三キロの渋滞表示が出ている。

「三キロなら高速で行こう。そのまま行ってくれ」

順調に流れていても銀座から自宅までは三十分はかかる。それに十五分余計にかかるとなると、帰宅は十一時近くになるだろう。

私は運転手に告げると、上着のポケットから携帯電話を取り出した。メモリーから一つの番号を選び出す。

秋田の実家のものだ。父が亡くなってから今年で七年。以来、一人暮らしをすることになった母に毎晩電話を入れ、安否を確認するのが私の日課となっていた。

発信ボタンを押し、電話を耳に当てた。呼び出し音が聞こえ始める。一度、二度……。五度目で受話器が上がり、

「はい」

今年七十六歳になった母の声が聞こえてきた。

「どう。変わりはない」

昨夜言葉を交わしたばかりなのに、『変わりはない』と訊ねるのは変かもしれないが、とにかく母との会話はこの一言から始まるのが常である。

「変わりなし」まるで事務連絡をするかのように母は紋切り型の口調で答え、「今日は昼から急に雪が降り始めてね。そしたら安田《やすだ》さんが来てくれて、タイヤをスタッドレスに替えてくれたの。その時に、正月用の雉《きじ》を二羽も持ってきてくれてさ。肉は煮

付けに、ガラからはスープを取ったから、明日野菜と一緒に送るから」と続けた。

かつて雉は故郷の雑煮《ぞうに》に当たり前に使われていた食材である。漆塗《うるし》りの椀《わん》に角餅《かくもち》を入れ、その上に蕨《わらび》、ぜんまい、姫竹《ひめたけ》、ふき、ナメコ、人参、そして芹《せり》を載せ、出汁《だし》を張る。

もっとも最近では、秋田でもどれほどの家が実際に雉を使った雑煮を口にできるのかは分からない。肝心の雉の肉が市場に流通してはおらず、狩猟を趣味とする人間が善意で譲ってくれないことには入手するのが困難だからだ。

母が言った安田は自動車販売会社のセールスマンで、もう五十も半《なか》ばになろうかという男であったが、現在の職に就く以前は陸上自衛隊に長く勤務していた。その際に射撃の腕を磨《みが》き、猟期になると山に入り、雉や鹿といった野趣溢《あふ》れる肉を届けてくれるのが長年の習慣となっていた。

「そいつはありがたい……でも、ウチに送っちゃったら、母さんの分はなくなっちまうだろ」

「そんなことは心配しなくていいよ。正月っていっても、私一人だもの。それに周りの人が何だかんだと色んな食べ物を持ってきてくれるし。今日も餅を食べきれないほど貰《もら》ってね。それも一緒に送っておくから」

「ありがとう。でもね母さん。どうだろう、正月はこっちで一緒にやるわけにはいかないかな」

母と正月を一緒に過ごさなくなって十二年になる。

夫婦二人、子供がいなかった当時は、仕事納めの夜には最終の新幹線に乗り込み、実家へ帰るのが年中行事の一つだったが、それも妻が長男の義彦《よしひこ》を妊娠した時点で終わりとなってしまっていた。

秋田の冬は厳しい。雪はさほど降らないのだが、ずしりと重い冷気が家の中まで忍び込んでくる。

ましてや実家は新幹線のもよりの駅から二十五キロほど北にある過疎の町である。病院はあっても診療科は限られている上に、死ぬ人間よりも新生児の方が遥《はる》かに数は少ないのだから産婦人科はない。身重の妻を伴《ともな》い、厳冬期の秋田に帰省し、そこで万が一のことがあっては取り返しのつかないことにもなりかねない。

そうした考えがあって、帰省を取り止《や》めにしたのだったが、子供が産まれれば産まれたで、小児科もないのだから、風邪《かぜ》でもひかれたら事である。

加えて、金という現実的な問題もあった。

往復の交通費。常日頃、一人暮らしをしている母に何かと気を遣《つか》ってくれる近隣住人への土産《みやげ》。親戚の子供にはお年玉もやらねばならない。母にも、少しとはいえ纏まった金も渡さなければならない。何やかやと、合わせれば二十万円の出費では済まない。

収入が限られているサラリーマンに、これだけの出費は重い。

子供が大きくなるまでは、と言っているうちに年月が経《た》ち、いつしか正月は東京の妻の実家で過ごし、帰省は盆の一度だけというのが決まり事となってしまっていた。

しかし、老いた母がたった一人で新年の雑煮を口にする姿を想像すると、いつもこの時期は後ろめたい気持ちになる。

「そんなことできるわけないでしょ。こんな時に家を空けたら、水道管が破裂するかもしれないし、家の中だって凍りついてしまうもの」

毎年決まって口にする母の言い訳が聞こえた。

「水道管なんてそう簡単に破裂するかよ。だいいち、そんなに心配なら電熱線でも巻き付けておけばいいんだ」

「そんな簡単にはいかないよ。だいたい、この家を建ててから何年になると思ってんの。もう四十年だよ。あちこちにガタがきて、最近では隙間風も入ってくるし、とても家を空けることなんてできないよ」

それを言われると返す言葉がない。

家のあちこちにガタがきていることは気がついていた。本来ならば、もうとっくに建て替えていてもおかしくないほどの状態であることも知っている。しかし、生活基盤を東京に置いてしまった以上、今ここで母のために家を新築、いやリフォームすることでさえ、部長とはいえ一介のサラリーマンには荷が重い。

何しろ、現在住んでいる東京のマンションのローンもあと十年残っているし、子供が一人前になるまでには、まだかなりの金がかかる。金に不自由しない高額所得者ならば、別荘を買ったつもりで家を建て直す気にもなるだろうが、そんな余裕は逆立ちしたってありはしない。

もちろん、老後の住《す》み処《か》をいち早く確保する、という考え方もあるだろう。だが、東京で生まれ育ち、シンガポールとニューヨーク以外の土地で暮らしたことのない妻が、秋田の田舎を終《つい》の住み処とすることは考えられない。それはこの私にもいえることで、鄙《ひな》びた山間《やまあい》の過疎の町で生涯を終えるなんてことは、老後の選択肢の中に入っていない。

そう、私は母の身を案じる一方で、母が死ぬと同時に故郷に見切りをつけ、一切を整理してしまう心積もりを密《ひそ》かに決めていたのだ。

「それに義彦は年が明けたら中学受験でしょ。そんな大事な時に、私が行っても邪魔になるだけだもの」

思わず押し黙った私の胸中を見透《みす》かしたかのように母は言う。

「それじゃ、義彦が志望どおりの中学に合格したら、入学式には来てくれるね」

「春になったら、ゆっくり遊びに行かせてもらうから。義彦の顔も昨年の夏以来見ていないしね」

「分かった……。じゃあ、すまないけど、母さんの言葉に甘えさせてもらって、正月はこっちでやらせてもらうよ」

「そうしてちょうだい。これでもこっちはこっちでやることは山ほどあるの。今夜もこれからもう一度、雪を掃《は》いてこなくちゃ」

「ちょっと待ってよ。こんな時間に雪かきだって」

「積もってしまってからじゃ遅いんだよ。箒《ほうき》で掃けるうちにやってしまわないとね。昼と夕方にも掃いたんだけど、今夜はどれだけ降るかしれないし。朝になって凍ってしまったら、ウチの坂は危なくて上り下りができなくなってしまうからね」

「母さん、止めてくれ。こんな時間に雪かきして、転んだりしたら事だよ。頭でも打って気を失ったら、朝まで誰にも気づかれないよ」

家は小高い丘の中腹にあり、公道から門までは二十メートルほどの坂になっている。しかもその部分は私道であるがゆえに街灯もなく、隣の家まではやはり同じくらいの距離がある。

ましてや、高齢者ばかりの町は十時を過ぎると静まり返り、家々の明かりはほとんどが消えてしまう。そんな中で、もし事故が起きれば、それこそ命にかかわる事態となりかねない。

「大丈夫だよ。毎年のことだもの。心配ないよ」

「心配するなっていう方が無理だよ。だいたい母さんは、もう歳なんだから。雪かきをしなけりゃならないなら、誰かを雇えばいいじゃないか。その程度の金なら俺が出すから」

「そんなもったいない」

「そういう問題じゃないよ」

「とにかく、心配しなくていいから。それじゃ切るよ。電話ありがとうね」

相手が遠く離れた秋田にいるとあってはどうすることもできない。それに母は歳を重ねるに従って、意固地《いこじ》というか、いったん自分が言い出したことを頑として曲げない傾向が顕著に表れるようになっていた。

電話が切れた。私は深い溜息《ためいき》を漏《も》らしながら、携帯電話をポケットに戻した。

傍《はた》から見れば、何の悩みもなく見えるかもしれないが、問題を抱えていない人間など、この世にいるわけがない。それは私にしても同じことだ。息子の受験の行方も気掛かりだが、それ以上に父が死んで以来、私の頭を悩ませて止まないのは母の今後のことだ。

取締役の椅子を懸けて、激烈な出世競争に明け暮れている我が身にとって、今この時点で、いや、これから先数年の間に、万が一母が倒れたら、それも介護を要するような事態に陥《おちい》れば――。

体が不自由になった母を田舎に一人にしておくわけにはいかない。かといって、妻が実家に出向き、介護に当たれるかといえば答えは否《いな》である。何しろ子供は受験の成否は別としても来春中学に上がる。仕事に追われる自分が妻に成り代わり、子供の面倒を見ることなどできるわけがない。

となれば、不測の事態が起きた時には、母を東京に連れて来るのが最も手っ取り早い方法ではあるのだが、決して広いとはいえぬマンション暮らしだ。同居するのは無理がある。もちろん、近所にアパートを借りるという手もあるのだが、知人もいない、することもないでは母にとっても酷な話だ。

毎晩母と話す度、元気でいることに安堵《あんど》し、明日に漠とした不安を覚える。かといって、これといった対応策を講じることもない——。

私はそんな毎日を過ごしていた。

家に帰り着いた時には、時刻は午後十一時になっていた。

「ただいま」

玄関のドアを開けると、妻の和恵《かずえ》の「おかえりなさい」という声が応えた。

上着を脱ぎながらリビングに入る。

「お食事は済ませてきたんでしょ」

キッチンに立つ和恵が訊ねてきた。微《かす》かに出汁の匂《にお》いが漂ってくる。

「ああ、今日は最後の忘年会だったからね。それよりどうした。こんな時間に」

「義彦の夜食よ」

「夜食？　もう十一時だぜ。受験前だといっても、義彦はまだ十二歳だ。あまり無茶をさせて風邪でもひかせたら事だよ」

「最後の追い込みだもの、仕方がないわ」

「今夜はクリスマスじゃないか」

「受験生にクリスマスはないわよ」

「そういや、俺が大学受験の頃は、予備校のキャッチフレーズにも『僕たちの正月は三月だ』なんてのがあったな」

「お正月だってとてもとても……。今回は、お節《せち》もお休みにしますからね」

「ああ、さっきお袋が言ってたんだが、いつものように雑煮の材料を一揃い送ってくれるそうだよ。雉も手に入ったそうだ」

「助かるわ。お節はなくとも、せめてお雑煮くらいは用意してやらないと」和恵は鍋に入ったうどんを丼《どんぶり》に移しながら、「お義母《かあ》さん、お元気でらした」と訊ねてきた。

「相変わらずだ」

「夕方の天気予報では、明日には関東でも雪になって、東北の雪は強まっていくって言っていたけど、大丈夫かしら」

「けっこう降っているようだね。これから雪かきをするって言ってたから」

「大丈夫なの？　そんなことして」

「止めろと言っても、あの性格だからね。傍《そば》にいればそんなことはさせないんだが……」

「少しはお考えになればいいのに……。老いは自分では気がつかないうちに確実に進行しているものよ。お義父《とう》さんの時のことを思い出してみなさいよ。炬燵《こたつ》をご自分でお出しになると言って、腰を痛めたのが床につくきっかけだったじゃない。今お義母さんに何かあったら、義彦がこんな時ですからね。私だって動くに動けないわよ」

「親父は癌《がん》で死んだんだよ」

「でも、腰を痛めるまでは、抗癌剤治療もうまくいって、元気でいらしたじゃない」

「余命三ヵ月って言われていたのが、九ヵ月延びただけだ」

「それにしてもよ。とにかく、腰を痛めて寝たきりになった。あれをきっかけに、お義父さんの容体が目に見えて悪くなっていったんですからね。年寄りは何がきっかけで、体の状態が一変するか分からないものよ」

確かに、父の容体の経過は和恵の言うとおりだった。

「親父の時は、まだお袋が元気だったからなあ。寝たきりになっても、俺は仕事で海外と行ったり来たり。義彦は幼稚園の年長で手が離せない。結局、任せきりになっちまったっけ」

私は当時の状況を思い出しながらしみじみと言った。

「お義父さんのお葬式だって大変だったのよ。実の親の葬儀だって、会社は一週間しか休暇をくれないでしょう。なのに、秋田のお葬式は一週間、毎日続くんですもの。それも、家に近所の人が集まって、精進料理を作って毎晩お酒。亡くなって二週間目には、二七日《ふたなのか》だっけ、近所の人がまた家にやって来ては花を受け取って、墓前にお参りした後、『行ってきました』って報告に来るのよ。あなたは初七日の日にはアメリカに行かなきゃならなくて、早々にいなくなってしまったから分からないでしょうけど、お義母さんも本当に大変だったんだから」

「まったく困ったもんだ」私は溜息を吐《つ》いた。「田舎だからな。周りは年寄りばかり。時間を持て余しているから、葬式はビッグイベントだ。古くからのしきたりにこだわる人も多い。親が死んだって休暇は一週間。それが会社の決まりだと言っても理解してもらえんよ」

「家の中も、寝室だろうがどこだろうが出入り自由。丸裸にされちゃうし、お葬式の手順を仕切るのも、親戚でもないご近所の人でしょ。もちろん一人暮らしができるのも、そうした人たちの助けがあってこそってことは分かってるけど――」

おそらく、先が思いやられると言いたかったのだろう。和恵は次の言葉を呑《の》んだ。

「まあ、お袋はあのとおり、今のところは元気なんだ。葬式の心配をしたところで始まらないよ」

私は、そっと短く息を吐いた。

「本当なら、同居とはいかないまでも、近所にアパートでも借りて住めればいいんだろうけどね」

「難しいところだね。友達もいなけりゃ都会で暮らしたこともない。出掛ける当てもないまま毎日部屋に閉じ籠《こ》もっていたら、惚《ぼ》けちまう。介護せにゃならんようになったら、それこそ大変だぞ」

もし、今母が倒れたら逃げることはできない。臨終の時まで面倒を見なければならないのは他の誰でもない、この私だ。いずれ来るかもしれないその時のことを思うと、今からそれなりの心積もりをしておかなければならないことは分かっている。しかし、どう考えても、母と自分との生活に、折り合いをつけられるだけの接点が見つからない。

「風呂に入る……」

私は和恵に告げると、ネクタイを外しながらバスルームへと向かった。

「そうだよな。いつまでも一人暮らしをさせておくわけにはいかないよな——」

私はバスタブに身を浸《ひた》しながらぽつりと呟《つぶや》いた。

和恵の言うとおり、目が行き届く所に家でも借りてやって、呼び寄せるのが一番の解決策であることは分かっている。しかし、東京に呼び寄せた後の母の生活もさることながら、もう一つ、より現実的な問題がある。

経済的負担だ。

ローンの他にアパートとなれば、住居に関する出費だけでも倍近くなる。私の年収は手取りで一千万円ほど。同年代のサラリーマンとしては、高額な部類とはいえるだろう。抱えているローンは自宅と車。決して贅沢《ぜいたく》をしているわけではないが、生活費もそれなりにかかる。加えて子供の教育費だ。

義彦は遅くに授かった子供だ。

私が国内営業部を経て、国際事業本部に配属されたのは、入社四年目のことで、それから三年後には初めての海外駐在に出た。

赴任地はシンガポール。ちょうどその前年に結婚していたこともあって、和恵と二人での赴任となったのだったが、四年間の駐在中に子供を授かることはなかった。もっとも妻は私より三歳若かったから、当時はチャンスは幾《いく》らでもある、焦ることはないと考えていた。

しかし帰国して一年が過ぎ、二年が経ってもなかなか子供は出来ない。不妊治療の話題が二人の間に上ることもたびたびのことだったのだが、東南アジア事業部の仕事はまさに激務以外の何物でもない。

なにしろ、月に三度は海外と日本を行ったり来たりするのは当たり前。忙しくなると月に五度もの海外出張をこなすことさえあったのだ。

こうなると、医者の診察程度のことならともかく、妻の排卵日に合わせて夫婦の営みを持つことなど不可能である。いずれ……と言っているうちに年月は過ぎ、治療の話題さえも交わされなくなった頃に、いきなり妻が妊娠したのは私が三十八歳の時である。

同期の子供にはすでに成人はおろか、社会人になろうというのも珍しくないというのに、私の場合は、義彦が大学を終えるのが六十歳の時である。

塾の費用だけでも月額十万円以上。首尾よく希望する中学に入学できたとしても、初年度には入学金と授業料、寄付金等を合わせれば百万では足りはしない。もちろんそれ以降も、大学受験が終わるまでは塾通いは続けなければならない。

私立の進学校は、公立に比べ受験指導が徹底している上に、授業そのものも受験を意識したものとなっているのだが、一流の大学を目指そうとすれば、学校の指導だけで事が足りるほど甘くはない。この春、義彦が中学受験を突破しても、あと六年は塾代も合わせて毎年ボーナス一回分に相当する出費を余儀なくされるというわけだ。

金、金、金——。

金で幸せは買えぬとは、巷間《こうかん》よく言われることだ。

確かに幸せは買えないかもしれない。しかし、金の有る無しが、人生に起こりえる不測の事態の多くを解決することは紛《まぎ》れもない事実である。そしてサラリーマンである以上、これから先に得られる収入には限りがある。

役員になり、あるいは社長に昇り詰めたとしても、それは同じだ。だが、限りがあるにしても、それを極限まで伸ばせるかどうかは、役員になれるかどうかで大きく違ってくる。部長止まりなら定年は六十歳。希望すればさらに五年在籍できるが、ポストもなければ給与も激減する。いずれにしても、その後は退職金と企業年金、厚生年金をやりくりしながら余生を送るしかないのだ。

しかし、役員になれば話は違う。定年は延び、社員給与を大きく上回る役員報酬が貰える。もちろん、働き如何で最終的に得られる額に格段の違いは生じるのだが、少なくとも義彦が大学を卒業するまで、金の算段に悩むことはまずない。同居するかどうかは別として、母を近くに住まわせ面倒を見る。あるいは、万一介護が必要になったとしても、相応の手立てを講じてやることができるだろう。

そう考えると、問題を解決する方策は一つしかない。

何としても、今回の北米進出を成功させることだ。周囲に有無を言わせぬ実績を作り、役員の地位を手にする。それを成し遂《と》げることだ。

私は決意を新たにすると立ち上がり、バスタブを出た。

3

土曜日は、いつも惰眠《だみん》をむさぼり、起きるのは昼近くになる。

昨夜は風呂上がりにビールを飲んでからベッドに入った。

寝つきがいいのは私の特技といえるもので、『秒殺』と和恵が笑うほど、枕に頭がつくかつかないかのうちに寝入ってしまい、途中で起きることはまずない。ところが、今朝は早くに目が醒《さ》めた。

酔いは完全に抜けていた。しかし、口の中に粘つくような不快な感覚がある上に、喉《のど》に酷《ひど》い渇きを覚えた。カーテンが閉ざされた部屋は暗く、物音一つ聞こえない。隣で寝ている和恵の寝息が、気配として伝わってくるだけだ。

軽い羽毛布団を持ち上げ、そっとベッドを抜け出す。寝室を出て、リビングに入る。赤く光るスイッチを手掛かりに、明かりを灯す。蛍光灯の光の中に、調度品が浮かび上がる。サイドボードの上に置かれた時計を見ると、時刻は午前五時である。

普段は朝食の支度《したく》をするために、和恵が一番早く起き、暖房を入れ、部屋が暖まったところに起きていくせいもあるのだろうが、今日はいつにも増して寒さが厳しいようだ。密閉度の高いマンションでも冷気が足元から這《は》い上がってくる。

キッチンに置かれたミネラルウォーターのサーバーから冷水を注ぎ、一息に半分ほどを呷った。身震いし、意識が完全に覚醒する。カーテンを僅かに開け、外を窺《うかが》うと、テラスの床がうっすらと白くなっている。

雪である。

そういえば、今日は関東でも雪になると言っていたっけ。

昨夜帰宅した際に和恵が言った言葉が脳裏を過《よぎ》った。

東京の交通機関は雪に弱い。ウイークデーだったら、一騒動になるところだった。

私は安堵の気持ちを覚えながら、コップの中に残った水を飲み干した。再びキッチンに戻り、空になったコップを置く。ふと壁に掛けられたカレンダーに目をやると、赤い文字で『義彦・模試』と書かれているのが目に入った。

義彦は、いわゆる東京御三家と言われる中学を目指している。入学願書の締《し》め切りは一月後半である。これまでの模試の結果では、合格圏内ぎりぎりといったところらしい。今回の模試の結果次第では、滑り止めの中学をもう幾つか考えなければならない。義彦にとっても、私たち親にとっても、大切な試験である。

試験会場に時間どおりに着くには、いつもより大分早めに家を出た方がいいかもしれない。

しかし、義彦が昨夜眠りについたのは、私が風呂から出た直後のことだったから、午前零《れい》時近くになっていたはずである。毎朝眠い目を擦《こす》りながら起き出してくる義彦の姿が思い浮かぶと、ぎりぎりまで寝かせておきたいという気持ちになるが仕方がない。和恵も朝食の支度があるから、早めに起こしてやらねばなるまい。

私は寝室に向かいかけたが、ふと母のことが気になって足を止めた。

東京でこれだけの雪が降っているとなれば、秋田はどれほどか。あの母のことだ。早々に起き出し、また雪かきを始めているかもしれない。

この時間に母がすでに起きているのを知ったのは、父が亡くなった直後のことである。毎日電話を入れるといっても、海外に出るとそれも思うようにならないことがある。特に飛行機に乗って移動している最中は、電話を入れることは叶《かな》わない。

あれは父が亡くなってひと月もした頃だったろうか。

私はニューヨークへ出張に出掛けた時のことを思い出した。

空港に着いたのが現地時間の午後一時。マンハッタンのホテルにチェックインした時には午後三時になろうとしていた。

母はなかなかの社交家で、町の民生委員やボランティア活動に熱心であったから、午前九時を過ぎると家を空け、夕方になるまで帰らないことが珍しくなかった。一人暮らしをするようになってからは、父がいなくなった寂しさを紛らわすせいもあったのだろう、ますますそうした活動に時間を費《つい》やすようになっていた。

渡米当日とはいっても、月に二度、三度と海外出張を繰り返している身である。機内では早々に酒を飲み、たっぷりと睡眠を取っていることは現地の駐在員も先刻承知だ。仕事の打ち合わせもさることながら、時差ボケを解消するには酒が一番とばかりに、夜の街を連れ回されるのは毎度のことだ。ホテルに帰ってくる頃には連絡がつかないだろうと、日本はまだ早朝ということを知りつつ電話を入れたのだ。

「朝早くに悪いね」

詫《わ》びた私に向かって母は言ったものである。

「何、言ってんの。毎朝この時間には起きてるわよ」

「起きてるって、まだそっちは朝の五時だろ」

「この辺の人は、勤め人ならいざ知らず、年寄りや農家の人は皆起きて稼いでるよ」

案に相違して母の笑い声が聞こえてきたものだった。

私は受話器を手に取ると、実家の電話番号を押した。呼び出し音が鳴り始める。

しかし、受話器は上がらない。十度目を数えた時、留守電モードに切り替わり、『ただいま近くにおりません――』

お決まりのアナウンスが聞こえてくるだけだった。

すでに雪かきをしているのだろうか。

脳裏に降りしきる雪の中、スコップを手に、積もった雪と格闘する母の姿が浮かんでくる。

まだ暗いうちに何かあったら大変なことになるぞ。

『親の心、子知らず』とは古くから言われることだが、こうなると、『子の心、親知らず』である。

思わず舌打ちが漏れた。

電話を切ると、今度は携帯電話の番号を押した。これも万一のことを考えて母に買い与え、料金も私の口座から引き落とすようにしておいたものだが、母は酷い機械音痴で、しかも携帯電話の便利さをいくら訴えても滅多に持ち歩かない。おそらくここに電話をしても無駄だろうとは思ったのだが、はたして空《むな》しく呼び出し音が聞こえてくるだけである。

こうなると、考えは悪い方へ、悪い方へといってしまうのが人間の常というものだ。胸中に芽生《めば》えた不安は増幅されていくばかりである。

私は同じ町内に住む叔母《おば》に電話を入れることを考えた。

しかし早朝に、ましてや連絡がつかぬと言えば、様子を見てきてくれと依頼するのと同じことだ。さすがにそれは憚《はばか》られる。かといって再びベッドに戻っても、悶々《もんもん》とするだけで眠れそうにない。

気を紛らわそうと、テレビのスイッチを入れた。

笑みを湛《たた》えた若い女性アナウンサーがスクリーンに現れ、ちょうど天気予報をやっている最中だった。

手には透明なビニール傘を差し、明るく照らされたライトの中にはらはらと舞い落ちる雪が見えた。どうやら思ったよりも東京の降雪は激しいらしい。

『ご覧のように、東京も夜半から雪が降り始めています。この雪は昼頃まで続き、都心部でも三センチ程度は積もるとの予報が出ています。すでにここでも一センチほど雪は積もっています。今日は土曜日ですが、お出掛けの予定のある方は交通機関の情報にご注意ください。続いて全国の天気です』

スクリーンに各地の気象がイラストで表示された。それに被《かぶ》さって、アナウンサーの言葉が聞こえる。

『東北は、太平洋側、日本海側とも、今年一番の雪となっています――』

やはり秋田は激しい雪である。

その時、寝室のドアが開き、和恵が姿を現した。

「どうしたの、こんな時間に」

眠りを妨げられたせいで、和恵の声は不機嫌そのものである。

「悪い……起こしちまったか」

「そりゃ、こんな朝早くにごそごそやられたら、起きるに決まってんじゃない」

「いや、喉が渇いて目が醒めちゃってさ」

「寝る前にあんなに飲むからよ」

和恵は非難めいた言葉を吐いたが、ただでさえ心中穏《おだ》やかならざるものがあるのに、口論は御免だ。

「それより雪降ってるぞ。今日は義彦、模試だろ。もう都心じゃ一センチも積もってるっていうし、昼までには三センチ積もるって言ってる」

私は話題を変えた。

「ほんと？」

和恵は食い入るようにスクリーンを見ると、窓際に歩み寄りカーテンを引き開けた。

「大変。電車大丈夫かしら。まさか止まったりしないでしょうね」

「どうかな……。まあ、朝は大丈夫だとしても、帰りは分からんな」

「今日は最後の模試よ。休ませるわけにはいかないわ」

和恵の顔からは完全に眠気が吹き飛んでいた。

「試験の会場はどこだ」

「代々木《よよぎ》だけど」

「じゃあ、総武《そうぶ》線で一本じゃないか。それが止まっても、井《い》の頭《かしら》線で渋谷《しぶや》まで出れば、何とかなるだろう」

「あなた車で送ってくれない」

「行きはいいとしても、帰りはどうすんだ」

「今日は休みでしょ。模試が終わるまで近所で待っていればいいのよ」

「冗談だろ。ウチの車はスタッドレスタイヤじゃないんだぜ。雪を甘く見たらえらいことになる。こんな時に、事故でも起こして義彦に万一のことがあったら、それこそ一大事だ。電車が止まったら、タクシーを拾った方がいい」

「東京のタクシーがスタッドレス履《は》いてんのかしら。それに電車が止まったら、車なんて拾えないんじゃない」

「サンデードライバーの運転よりマシだろ」

「寒空の下で車が拾えるまで立たせておいて、風邪でもひかせたらどうするつもり」

和恵は必死の形相で訴えてくる。

「じゃあ、こうしよう。もし、帰りに電車が止まったら、義彦が携帯から連絡を寄越す。その時点で、ウチの会社と契約しているタクシー会社に予約を入れて迎えに向かわせる。それが一番いい方法だと思うがね」

「土曜日でも大丈夫なの」

「タクシー会社に休みはないよ」

「いいわ。そうしましょう」

和恵は納得すると「こうしちゃいられない」と言い、キッチンに立って早々に朝食と弁当を作り始めた。

「義彦の模試は何時からだ」

「九時だけど」

和恵が手を動かしながら答える。

「じゃあ、七時には出た方がいいな」

「余裕を見て、六時半にしましょう」

「それじゃ睡眠時間が足りないんじゃないか」

「この際ですもの、しょうがないわよ」

やがてリビングに香ばしい匂いが漂い始める。私は寝室に戻りガウンを羽織ると、一階のロビーにある郵便受けに朝刊を取りに行った。路面の様子を窺うと、アスファルトの道路は白一色となっており、積雪は一センチを超えているようである。

部屋に戻ると、どうやら私たちが動く気配が眠りを妨げてしまったらしい。起こすまでもなく義彦は食卓のテーブルにつき、ミルクとシリアル、それに目玉焼きとウィンナソーセージを前にして朝食を摂《と》り始めようとしていた。

「おはよう」

寝癖のついた頭髪のまま、義彦が朝の挨拶をしてくる。

「おはよう。寝不足なんじゃないのか」

私は訊ねた。

「六時間寝れば充分だよ。それに頭が動き出すまでには三時間程度かかるっていうじゃん。どっちにしても六時には起きるつもりだったから」

義彦は健気《けなげ》に言う。

「外は結構雪が積もってんぞ。もう一センチは超えてる。今日はスニーカーじゃなく、スノーシューズを履いて行け。去年スキーに行った時のやつ持ってるだろ。駅に行く間に転んじまったら大変だからな」

「うん。分かった」

義彦が頷《うなず》く。彼の背後にある置き時計に目をやると、時刻は六時になろうとしている。母に電話をしてから一時間が経つ。

雪かきをしていたとしても、もうそろそろ家に戻っていてもおかしくない時間である。

私は受話器を手にすると、番号を押した。呼び出し音が鳴り始める。しかし、今度も十回を数えたところで、留守電のメッセージに切り替わる。

胸騒ぎがした。

もちろん雪かきが一時間で終わるかどうかは積雪の量にもよるが、いかに身体頑健と言ってはばからないとはいえ、七十六の老人である。一時間もの間、いやことによるとそれ以上の時間、雪かきのような重労働を休みなく続けられるわけがない。

決心すると、私は叔母に電話をかけた。

「はい、片倉《かたくら》です」

どうやら叔母はすでに起きていたらしい。取り澄ました声が受話器を通して聞こえてくる。

「妙子《たえこ》おばちゃん？　栄太郎だけど……」

私が名乗ると、

「あら、栄ちゃん。久しぶりだね。どうしたの、こんな朝早く」

早朝深夜の電話にロクなものはないと相場は決まっている。叔母は怪訝《けげん》な声を上げる。

「そっちは雪降ってんでしょ」

「うん。凄《すご》い雪でね。今、ウチの人と一緒に雪かきに出ようとしてたとこなの」

「実はさ、五時頃からお袋に電話してるんだけど、出ないんだよ。昨夜聞いたら、昨日は三回も一人で雪かきをしたって言ってたから、まさか何かあったんじゃないかと心配になってさ。それで、本当に申し訳ないんだけど、ちょっと様子見てきてもらえないかな」

叔母とは十しか歳が違わないせいもあって、姉弟のように育ってきた仲である。私は直截《ちょくせつ》に切り出した。

「えーっ。一時間も？」

「そうなんだよ。取り越し苦労ならそれでいいんだけど、万一ってこともあるだろ」

「分かった。それじゃこれから私、姉ちゃんのところへ行ってみるわ。どっちにしてもすぐ連絡するからちょっと待ってて」

「悪いね。妙子おばちゃん……」

「気にしないで。とにかくすぐ行ってみるから」

電話を切ると、やり取りを聞いていた和恵が、

「お義母さん、どうかしたの」

さすがに不安げな様子で訊ねてきた。

「実家の雪が気になってさ。五時から電話をしてるんだが、お袋、出ないんだよ。まさか、例の雪かきしてて、何かあったんじゃないかと思ってさ……。それで妙子おばちゃんに、様子を見てきてくれるように頼んだんだよ」

「五時っていったら、もう一時間も経つじゃない」

「ああ」

さすがに和恵も顔色を変えた。

「おばあちゃん、どうかしたの？」

義彦も不安げな様子で訊ねてくる。

「お前は心配しないでいい。それより、朝食が済んだら、早く出掛けた方がいいよ」

模試を控えた義彦を前に、安否の確認を叔母に依頼すべきではなかったかもしれない。私は一瞬後悔したが、事と次第によっては一刻を争う事態が発生していないとも限らない。

私はせめて余裕のある素振りだけは見せようと、新聞を広げた。もちろん活字など目に入ってはこない。やがて食事を終えた義彦が身支度を済ませ、家を出ていく。それを見計らったように電話が鳴った。受話器はすぐ手元に置いてあった。着信ボタンを押し、

「唐木です」

と答えるや否や、叔母の緊迫した声が聞こえてきた。

「栄ちゃん、大変。姉ちゃんが転んで――」

「何だって！　それでどうした」

次の言葉を聞くのが怖かった。

田舎に年老いた母を一人で置いておけば、いつかはこんな日がくるだろうと覚悟していたが、密かに抱いていた不安が現実のものとなる。その恐怖が重い塊《かたまり》となって、私の胸中で冷たい熱を放ち始める。受話器を握り締めた手に力が入る。心臓が鈍《にぶ》

い拍動を刻み出す。

「行った時には、姉ちゃん、前の坂道で倒れていたんだよ。頭を打ったみたいで、体にうっすらと雪が積もっていて。それですぐ救急車を呼んで、今病院に運んだとこなの」

叔母も慌《あわ》てているのだろう、声が微かに震えている。

「頭を打っただけか」

「今診察中だから詳しいことは分からないけど、救急車の中で意識は戻った。でも、足が動かないって。もしかしたら骨、折ってるかもしれない」

「えっ……骨折？」

状況はますますもって最悪だった。頭の中が真っ白になる。私は次の言葉が見つからず、重い息を吐いた。

「そうだったら歳も歳だし、長くかかるかもしれないよ」

「妙子おばちゃん、お袋が担《かつ》ぎ込まれた病院って、町民病院だろ」

「そう」

「そこには整形外科なんてないだろ。もし骨折してたら、手術して入院するのも、秋田の総合病院ってことになるよね」

実家があるのは、人口一万にも満たない過疎の町である。かつてのばら撒《ま》き財政の名残《なごり》で、ＭＲＩやＣＴといった最先端の設備の調《ととの》った町民病院があるのだが、診療科目は内科だけで、手術を要する患者はもれなく秋田の総合病院に送られる。

「そうだねえ……。骨が折れてたら、ここでは治療もできないよね」

「とにかく、骨折しているかどうかは別として、俺、これからそっちに行くよ。新幹線の時間が合えば、昼過ぎにはそっちに行けると思う」

「それがいいと思うけど、栄ちゃん、仕事の方は大丈夫なの？」

「幸いと言っちゃ何だけど、ちょうど年明けまでこれといった予定はないんだ。三日ほど年休を取れば、年明けまでそっちにいられる」

「じゃあ、列車が決まったら私の携帯に電話をちょうだい。駅まで迎えに出るから」

「すまないね。そうしてくれると助かる」

「とにかく、レントゲンの結果が分かったら電話を入れるから、栄ちゃんの携帯の番号を教えてくれる？」

私は叔母に携帯の番号を告げると、電話を切った。

それを待ち構えていたように、

「あなた、お義母さん……」

背後から和恵の声が聞こえてきた。

「思ったとおりだ。お袋、雪かきをしてる最中に、転んで気を失っていたらしい。意識はすぐに戻ったんだが、足を折っちまったかもしれないってさ」

「えーっ！　足を？」

和恵の声が凍りつき、顔から血の気が失《う》せる。

「だから止めろって言ったんだ。老いは確実にやってくる。去年できていたことでも、今年はできなくなるもんなんだ。いつまでも若いつもりで、雪かきなんてやって、こんなことになりゃ迷惑すんのはこっちだって、あれほど念を押したのに」

私は毒づいてみせたが、胸中に込み上げてくるのは自責の念である。

雪かきなんかやって万が一のことがあったらどうする。人を雇ってやってもらえばいいじゃないか、と何度も言った。しかし、実際にその金を送ったことはない。金がなければ言ってくるに違いないと、虫のいい言葉を吐いていただけだ。

「どうするの？　足を折ったのなら、誰がお義母さんの介護をするの。義彦は二月に受験よ。今、私が東京を離れるわけにはいかないわよ。受験が終わったって、義彦を一人にして秋田に行くことなんてできないわよ」

和恵はささくれ立った声を上げる。

「まだ、足を折ったって決まったわけじゃない。診察の結果待ちだ。とにかく、俺はこれから実家に行く。帰るのは正月明けになるかもしれない。支度を手伝ってくれ」

「お正月明け？」

「本当にお袋が骨折していれば、そうするしかないじゃないか。義彦を置いて君が田舎に行くわけにはいかないし。面倒見られるのは俺しかいないんだから」

さらに何か言いたげな和恵を無視して時計を見た。時刻は間もなく七時になろうとしている。

東京駅までは一時間もかからない。うまく乗り継《つ》ぎができれば八時前の新幹線に乗れるはずだ。そして駅から町まで三十分。叔母に言ったように昼過ぎには実家に着く。

私はリビングから寝室へ向かうと、慌ただしく着替えを始めた。

4

東京駅に出たところで携帯電話の電源を入れた。留守電が入っていたがそれを無視し、東北新幹線の乗り場に向かいながら、私は叔母の携帯に電話を入れた。呼び出し音が鳴る。程なくして電話が繋《つな》がる。

「ああ、妙子おばちゃん。栄太郎です」

「少し前にメッセージを残したんだけど、聞いた？」

「いや。どっちにしても、詳しいことを聞くためには掛け直さなきゃなんないんだから、同じだと思ってさ。で、どうだった診察の結果は」

「やっぱり折れてるって、足首のとこ。関節が砕けて、その上の骨が完全にダメだって……」

覚悟していたこととはいえ、突き付けられた現実は、やはり重い。ましてやただの骨折ではなく、関節となれば、母の年齢からして何かしらの障害が残らないとも限らない。

「医者は何て言ってるの」

「整形の先生じゃないから、それ以上のことは言わないの。とにかく、これから秋田の総合病院に転送して、手術だって」

「全治までにはどれくらい時間がかかるのかな。歩けるようになるのかな」

「だからそれも含めて、秋田で改めて診《み》てもらえって。それで今先生が、総合病院に手配をしてるから、準備が出来次第、救急車で搬送することになったの」

「お袋はどうしてる。意識は完全に戻ったの？」

「一応、頭の方はCTを撮ってみたけど、異常はないって。脳震盪《のうしんとう》を起こして一時的に意識を失ったんだろうから大丈夫だって。さっき姉ちゃんとも会ったけど、話はしっかりできるから心配しないで」

「痛みは」

「折った時に、周りの神経を傷つけたせいで、今のところ痛みを感じないらしいの。ただ、栄ちゃんが今こっちに向かっているからって言ったら、姉ちゃん、急に泣き出して……。迷惑かけて申し訳ないって――」

叔母の言葉が耳朶《じだ》を打つ。いや、母の思いが胸に突き刺さる。

実の親子である。何を詫びることがあるだろうか。何を他人行儀な言葉を吐くのだろうか。

そんなよそよそしい言葉を聞くよりも、いっそ甘えて私の名を呼んでくれた方がどれほど楽か――。

母の言葉は、私が高校に上がると同時に町を出て三十五年、いかに親をないがしろにしてきたかの証であるような気がした。

子を思う親の気持ちというものは、いくら年を経ても変わらぬものだ。いや死ぬまで変わりはせぬものだろう。それが親の愛というものであり、私は今の今までそれに甘えてきたのだ。

胸を掻《か》きむしりたくなるような切なさが込み上げてくる。目頭《めがしら》が熱くなり、視界が急にぼやける。

私は声が震えそうになるのを堪《こら》えながら言った。

「妙子おばちゃん、俺は直接秋田の総合病院に行くよ。すまないけど、搬送の付き添いをお願いしてもいいかな」

「もちろん」

「八時前の『こまち』に乗る。昼過ぎには充分着けるから。じゃあ後で……」

私は週末の朝の駅を、重いバッグを手に乗り場へと向かって歩いていった。

5

盛岡《もりおか》を過ぎ、秋田が近くなってくると、車窓の景色は白一色となった。雪が音を吸収してしまうのか、車内はいつにも増して静かである。降雪は大分落ち着いてきたようで、降りしきるといったほどのものではない。むしろ車両が巻き上げる雪煙の方が多いくらいである。

私はシートに体を預けながら、発車前の僅かな時間を利用して、デッキから電話で交わした和恵との会話を思い出していた。

「いま、妙子おばちゃんから連絡があった。やはり骨折だそうだ。足首の関節が砕けて、その上の骨が完全に折れているって」

「やっぱり……」

覚悟はしていても、一縷《いちる》の望みを抱いていたのだろう、和恵はさすがに声を落とし、

「私、どうしたらいい」

と訊ねてきた。

「どうしたらいいって……お前は身動き取れないじゃないか」

身の処し方は決まっているのに、自らは口にせず私に言わせようとする。

私は苛立《いらだ》った。

「俺は向こうでお袋の看病をしながら正月を過ごす。とにかく、二月の受験が終わるまでは何とか凌《しの》がなくちゃ」

「でも、首尾よく試験に合格したとしても、学校が始まれば保護者会やら何やらで、

親が顔を出さなければならない会合は幾つもあるのよ。あなたは昼間仕事だし、私が秋田に行ってお義母さんの看病を続けるってわけにはいかないわ」

「そんなことは分かってる。とにかく向こうに行けば詳しい状態が分かる。今後のことを話し合うのはそれからでいいだろ」

発車のベルがホームに鳴り響く。私はそれを機に「また電話する」と言い、電話を切った。

内科の病とは違い、外科の場合は処置が終わればひたすら傷が癒《い》えるのを待つしかない。普通に考えれば、母の場合は骨折の手術が終わり、状態が安定したところでおそらく退院となるだろう。

問題はそこからである。実家は私が小学校三年の時に建てたきりほとんど手付かずだから、バリアフリーには当然なっていない。寝室は座敷で、次の間に移るにしても段差がある。廊下も狭い。トイレにしても和式だし、浴槽に手すりもない。車椅子で動こうにも障害物だらけだし、台所にしたところで座ったままで調理をすることなど不可能だ。

日々の買い物にしても、田舎では車を運転しないことには、何一つ調達することはできない。東京なら七十六歳ともなれば、もう車を運転するのは危ないから止めろ、と言えるだろうが、田舎で一人暮らしをしている身には必需品。いや最も重要な生活の足なのだ。

入院している間はともかく、退院と同時に介護の手が必要になることは明白だった。

ジャケットの内ポケットから手帳を取り出した。買ったばかりの来年用の真新しい手帳の革《かわ》表紙にはまだ皺《しわ》一つない。しかし、ページを捲《めく》ると一月の予定欄は黒い文字でほぼ埋め尽くされている。

溜息が漏れた。

この仕事の合間を縫《ぬ》って、母の看病を行うのはどう考えても不可能である。もちろん、日本にいる間は週末の二日間は付き添ってやれはするだろうが、いずれにしてもずっとというわけにはいかない。

列車の速度が落ちる。車窓を流れる景色が緩やかになる。線路脇の杉の木には雪が積もり、枝がしなるように垂れ下がっている。湿り気を含んだ重い雪だ。

日本海側に降る雪は重い。若い男でも雪かきをするのは大変な重労働であるのに、それを年老いた母が日に何度も繰り返していたのかと思うと、改めて胸が痛くなった。

やがて新幹線が静かに停車する。大きな屋根で覆《おお》われているせいで、ホームには雪はなかったが、湿度があるせいだろう、重い冷気が暖房に慣れた体の足元から這い上がってくる。

ホームを歩き改札を出ると、叔父《おじ》の姿があった。妙子叔母の夫の片倉寛司《ひろし》である。

「寛司さん、すいません。迎えに来てくださったんですか」

「栄ちゃん、大変だったね」

「年末の忙しい時に、ご面倒をかけてしまって……」

「そんなことはいいんだ。それより早く病院に行こう」

叔父は今年の春に町の農協を退職したばかりで、正月を控えた今の時期は餅つきや東京なら屋敷と呼べるほど大きな家の掃除に忙しいはずだ。それに、両親は九十を過ぎてまだ健在で、その世話もある。なのに、近所に住んでいる身内というだけで、すべてを擲《なげう》ち夫婦二人で駆けつけてくれる——。

そのありがたさが身に沁《し》みた。

車はタイヤで踏み固められアイスバーンとなった街の中を、静かに病院に向かって走り始める。

「お袋、どうなんです」

私は訊ねた。

「意識ははっきりしてるんだが、やっぱり足がねえ。先生から説明があると思うけど、今日のうちには手術になるんじゃないかな。本当はすぐにも手術をしたかったんだろうけど、同意書取らなきゃなんないだろ。身内とはいっても俺たちじゃだめだし。栄ちゃんが来るの待っていたのさ。まあ、骨折だけと分かった以上、三日やそこら放っておいても大丈夫なんだけど、手術は早いに越したことはないからね」

骨折は何日か放置しても、よほどのことがなければ治療に影響を及ぼさない。しかし、逆の考え方をすれば、急を要さない分だけ全治まで長い時間がかかるということを意味する。

私は黙って頷いた。

「しかし、危ないところだった。あのままもう一時間も雪の中に放っておかれたら、お母さん凍死してたかもしれない。今日は土曜日だしな。いつもなら新聞配達が来る時間なんだが、町の配達員は中学生のバイトだから、土日はいつもよりどうしても遅くなるんだ」

「ご迷惑をおかけしました」

私は頭を下げた。

「水臭いこと言うなよ。それより栄ちゃん、お母さんの命を救ったのは、日頃あんたがお母さんを大切にしてたからだよ。お父さんが亡くなって以来、毎日電話を欠かさなかったんだってな。一日一回、たった一本といってもなかなかできることじゃないよ」

「親父が死んで以来の習慣になってますから……」

語尾が濁《にご》った。

確かに毎日欠かさず田舎で一人暮らしを続ける母の元に電話を入れる。世間の人間が聞けば、何と親孝行な息子もあったものだと思われるかもしれない。

しかし、本当のところ、私は母の身をどれほど考えていただろう。私が電話を入れ安否を訊ねていたのは、いずれやってくるであろう介護に追われる日々に怯《おび》えていたからではなかったか。元気な声が聞こえてくれれば、少なくとも今日一日を無事乗り切った。その安堵を得るためだけのものではなかったか。

もし、本当に母の身を案じていたのなら、今度のようなことがあった場合、誰が介護にあたり、どこで面倒を見るのか。それくらいのことは考えていて当然なのだ。しかし、いざその時が来てみると、慌てふためき、途方に暮れるばかりだ。

「栄ちゃん、仕事は大丈夫なのか」

思わず押し黙ってしまった私に叔父が訊ねてきた。

「正月は休みなんですけど、年明け早々に出張が入っていて、アメリカに行かなきゃならないんです」

「世界が舞台の仕事だもん、大変だよなあ。それじゃ入れ替わりに和恵さんが？」

「それが……実は義彦が二月に中学入試を控えていましてね。今が最後の追い込み時で、和恵も家を離れるわけにはいかないんですよ」

「中学入試？」

そんなものがあるのは、地方でも基幹都市くらいのものだ。ましてや過疎の町ともなれば、地域の公立中学に進学するとほぼ決まっている。高校入試にしたところで、よほどの進学校でなければほぼ全入に近い状態だ。そんなところに暮らしていれば、都会の中学入試がどれほど苛烈《かれつ》を極めるか、いや中学に入試があることすらピンとこないに決まってる。

「てっとり早く言えば、高校入試の前倒しのようなもんです。田舎の子供より、受験の時が三年早くくるだけなんですが、その分大変なんですよ」

「それじゃ、栄ちゃんに代わって、和恵さんが看病するってわけにはいかないの」

「少なくとも受験が終わるまでは無理でしょうね」

「信吾《しんご》ちゃんは」

叔父は弟の名前を口にした。

「あいつも商売がありますからね。特に年末は稼ぎ時で、僕以上に身動きが利《き》きませんから、知らせるのはお袋の怪我の程度がはっきりしてからでもいいと思って……」

私は言葉を濁した。

五つ違いの信吾は、千葉のとある町で小さなスナックを経営している。

大学で東京に出てきたのはいいが、演劇活動にどっぷり浸《つ》かり、そのまま四年間を劇団活動に費やし、挙句《あげく》の果ては役者として生きていくことを志《こころざ》した。

よほどの才能と運に恵まれなければ、とても食える仕事ではない。生き様そのものが博打《ばくち》のような仕事だ。当然両親は猛反対し、私に説得をするよう懇願《こんがん》してきた。

「役者を職業にできる人間なんて、ほんの一つまみだぜ。いつまでも親の仕送りに頼るわけにもいかないんだ。食えるようになるまでバイトでも何でもやるって言うけどさ。現実は厳しいぞ。どっかの時点で、役者に見切りをつけて、定職に就こうと思ったって、かたぎの仕事に就いたこともない人間を使ってくれるところなんて、ありゃしないぞ。役者を志すってことは、人並みの幸せを求めないってことだぞ」

そう止めた私に信吾はこう言ったものである。

「俺は兄さんとは違うんだ。サラリーマンは俺には勤まらないし、そもそも安定した生活なんて望んじゃいない。金なんてどうでもいいんだよ。もちろん、人並みの幸せなんて求めるつもりはないさ」

信吾の決意は固く、そのまま劇団活動に身を投じた。

ところが、三年ほどして結婚、その翌年に子供が産まれると、そんな信念はどこかへ吹き飛んでしまった。

役者と言っても、その頭に『自称』がつくような有様《ありさま》では、とても一家を養っていくには事足りないということにようやく気がついたのだ。いや、そもそもが、貧乏覚悟で夢を抱いた道に進んだ人間が、人並みの生活を得ようとしたことが間違いだったのだ。結婚はまだしも、子供が産まれてしまったとなれば、生活が早晩立ち行かなくなってしまうのは目に見えている。劇団活動の一方で、バイトに追われる日々が始まったのだが、信吾の生活は困窮《こんきゅう》した。

大の大人が貧乏覚悟で進んだ道である。突き放して当然というものだが、孫可愛《かわい》さもあったのだろう。見かねた両親は、自らの生活を切り詰め、僅かながらも仕送りを欠かさぬようだった。それでも、一家三人が背丈に見合った生活を送ったというなら足しにはなっただろうが、子供がずば抜けて優秀だったことが更に金を必要とすることになったのだから皮肉なものだ。

「このまま、公立の中学に進ませるのは惜しい。私立を受験してはどうですか」

担任の教師に奨《すす》められるまま受験をしたところが、見事名門と称される中学に合格してしまったのだ。

当面の学費は両親が出した。私も和恵に内緒で援助をしたこともある。信吾も今の収入では家計が立ち行かなくなることに気づいたのだろう。劇団活動に見切りをつけて、現在の場所にスナックを開いた。その開業資金も生前贈与だと言って、先祖から受け継いだ田畑を売り払って両親が出した。

それで商売に成功したならともかく、実際は日々の生活を支えるのがやっとという有様だ。そんな信吾に母の怪我を知らせても、困惑するばかりだろう。

「そうだよな。お母さんだって、命に別状はないんだしな。商売休んで駆けつけてきても、何がやれるってわけじゃないものな。先のことが見えてきてから伝えた方がいいかもしれないね」

やがて行く手に三階建ての病棟が見えてくる。

叔父は車を玄関に止め、

「お母さんの病室は、三〇三号室だから。先に行って」

と言い、駐車場に向かって車を走らせた。

私はコートを手に病院の中に入った。

土曜日の午後とあってロビーは閑散としている。所々ペイントが剝《は》げかけたエレベーターのドアが開く。籠《かご》が静かに上り始める。再びドアが開くと、目の前にナースステーションがあった。

中では白衣を着た看護師たちが忙しく動き回っている。

私は短い距離を歩くと一つのドアの前で立ち止まった。

壁には「唐木愛子《あいこ》様」とマジックで書かれた名札が掛けられている。

母が骨折して入院してしまったことが、改めて現実のものとして肩にのしかかってくる。

私は一つ小さな息を吐くと、ドアをノックした。

重い扉を引き開けると、殺風景な病室に置かれたベッドに横たわる母の姿があった。

「栄ちゃん、遠いところご苦労さんだったね」

付き添ってくれていた叔母が声を掛けてくる。

「妙子おばちゃん、悪かったね。面倒かけて……」

「そんなことはいいから、早く中に入って」

私はベッドに向かって歩み寄った。

「ごめんなさい……」

母は長いまばたきを一度すると詫びた。

「だから何度も言ったじゃないか！　雪かきなんて止めろって。忠告を無視した挙句がこれかよ」

酷い息子があったものだと思う。いたわりの言葉をかけるどころか、最初に口を衝《つ》いて出たのは母への罵倒《ばとう》である。

罪悪感が私の胸中で渦を巻く。馬鹿なことを口走ってしまったという後悔の念が込み上げてくる。しかし、そうした疚《やま》しさが更なる残酷な言葉を導き出す。

「こんなことになって、どれだけ周りが迷惑するのか分かってんのか。いったい誰がこれから先、母さんの面倒を見なけりゃならないと思ってんだ」

「栄ちゃん、そんなきついこと言わなくてもいいじゃないか。雪かきなんかって言うけど、お母さんだって何も好きでそんなことしてたんじゃないよ。積もった雪をそのままにしておけば、すぐに凍ってしまって危なくてしょうがない。滑って怪我をしてしまうかもしれない。そしたら結局栄ちゃんに迷惑かけることになるでしょ。お母さんはそうならないようにと思って、雪が降る度に雪かきをしてたんだよ」

さすがに見かねた様子で、叔母が口を挟んだ。

「それで……足の具合はどうなんだ。痛むのか」

私は思わず口籠もり、初めて母に向かって容体を低い声で訊ねた。

「運び込まれた時には、痛みは感じなかったんだけど、少し疼《うず》くようになってきた……」

母の目尻から一筋の涙が頰を伝う。

「感覚が戻ってきたんだろう。酷い骨折は周囲の神経がやられちまって、痛みを感じないっていうからね。まあ、それにしても命を落とさなかっただけよかったよ。凍え死にでもされたんじゃ、悔やんでも悔やみ切れないところだった」

私は敢《あ》えて母の涙に気づかない振りをしながら言った。

「助かったのは栄ちゃんのお陰だよ。毎日お母さんに電話を欠かさなかったから、最悪の結果は免れることができたんだ。姉ちゃんも感謝しなくちゃね」

叔母が仲を取り持つように言った。

「申し訳ない……あんたには迷惑をかけることなく死にたいと思っていたんだけど、こんなことになってしまって」

母は目を涙でいっぱいにして絞り出すような声を上げる。

私の脳裏に古い日の出来事が鮮明に浮かんだ。


あれは小学校四年生の時のことだ。昼の弁当を平らげ、手繋ぎ鬼をしようと同級生と連れ立って教室から体育館に向かって廊下を駆けている最中に、私は転倒して傘立てに右の膝《ひざ》を強く打ちつけた。痛みはさほど感じなかったが、打った部分に妙な違和感があり、ズボンをまくり上げると膝がパックリと口を開けていた。薔薇《ばら》色の肉が顔を覗《のぞ》かせ、膝の皿と思しきものが見えた。傷口の端から一筋の血が流れ出ていた。

「栄ちゃんが怪我をした」

目の前の職員室に級友が飛び込んでいく。

程なくして現れた教師が傷をひと目見るなり、

「こりゃ大変だ。すぐに病院に運ばないと」

血相を変え、私を職員室に運び込んだ。

当時は田舎の町に救急車などなかったから、私は養護教員に付き添われ、タクシーで町の病院に担ぎ込まれた。医師は傷口を診るなりすぐに、

「これは縫わなければ駄目だ。すぐに縫合《ほうごう》の用意を」

と看護師に命じ、ただちに治療を始めた。

あの頃、私にとっての母は、決して優しい存在ではなかった。

父は公立小学校の教員であった。勤務地は数年毎《ごと》に替わり、県内各地を転々とした。家族揃って赴任する同僚も多かったが、父は学習環境が変わるのをよしとしなかったのだろう。通勤不能な土地にはいつも単身で赴《おもむ》いた。

父がいなくても二人の子供を間違いのないよう立派に育て上げなければという義務感もあったろう。父親の役割を担わなければという気持ちの表れでもあったのだろう。とにかく母は、教育にも日常生活においても厳しく私たちに接した。

加えて、当時の私は落ち着きのない慌て者だったらしく、通知表の通信欄には常にその旨《むね》が記載されており、日頃から母に口煩《くちうるさ》く立ち居振る舞いを注意されていた。

だから母に叱《しか》られると思った。厳しい言葉を投げかけられると思った。

しかし、案に相違して病院に駆けつけた母は、衝立《ついたて》のカーテンの端からおろおろしたような表情で治療の様子を見守るばかりだった。

縫合が終わり、分厚く包帯で巻かれた私を背負い、家に帰る道すがらも何も言わなかった。近道をするために畑の中の一本道を、私を背負ったまま黙々と歩いた。

母の背の温《ぬく》もりが腹から伝わってくるのを感じた時、

「母さん……ごめんなさい……僕……」

私は初めて涙を流し、詫びの言葉を吐いた。

「痛かったろう。四針も縫ったのに、よく我慢したね。せっかく今まで泣かないできたんだ。泣くな。男の子でしょ」

そういう母の声も震えていた。涙が頬を伝っていくのが見えた。母のうなじに滴《したた》り落ちる私の涙と、母のそれが一緒になって襟元《えりもと》を濡《ぬ》らしていった——。


母は私の中で強い存在だった。父が亡くなった後も、気丈で病気一つするわけでもなかった。激務に追われ、私が倒れるのが先でも母は大丈夫だ。

一人暮らしをさせておけば、何が起きても不思議ではないという不安を抱きながらも、心の奥ではそうした気持ちを持っていたのかもしれない。

しかし今、眼前にいる母は確実に老いていた。

右膝の古傷が疼くような気がした。

「母さん……悪かったな、一人にさせておいて」

自然と詫びの言葉が口を衝いて出た。

指先に母の手の感触があった。

親指の爪《つめ》は分厚く、黒い汚れがこびりついている。春になれば山菜を採《と》り、下ごしらえをして東京へ送る。それだけじゃない。梅干しも、味噌も自分で作る。夏はシソの葉でジュースをこしらえ、秋にはキノコを採る。一人になっても、町を離れた子供、そして孫のために働いてきた証だった。

今度こそ、自分が面倒を見る番がやってきたのだと私は思った。

「栄ちゃん、あんたが来たら先生が話したいことがあるからって」

背後から叔母の声が聞こえた。

「そう。じゃあ、俺、行ってくるわ」

私は目頭が熱くなるのを覚えながら、母の手を布団の中に入れると病室を出た。

ナースステーションに立ち寄り、居合わせた看護師に名を告げると、すぐに診察室に通された。

「唐木愛子の家族です」

「ああ、息子さんですね。どうぞそこにお掛けください」

四十そこそこといったところか。短く刈り上げた頭髪、縁無し眼鏡《めがね》をかけた医師が丸椅子を勧めた。

がっしりとした体がいかにも整形外科の医師らしい。胸には小田《おだ》というネームプレートを付けている。

「東京からいらしたそうですね」

「ええ、今し方着いたばかりです」

「早速ですが、お母さんの容体についてご説明します」

小田は机の上に置かれたシャウカステンにレントゲン写真をセットする。透過光が母の骨を浮かび上がらせる。

「ご覧になっていただければ分かるかと思いますが、右の足首の関節が砕けていて、そのちょっと上の骨が二本とも折れています」小田はレントゲン写真の上を指でなぞりながら淡々とした口調で続ける。「二本の骨は、プレートを入れて接骨すればいずれ繋がりますし、複雑骨折の部分も螺子《ねじ》で固定すれば骨自体は元どおりになるでしょう」

「はい」

私は小田の指先を目で追いながら頷いた。

「そのためにはこれから手術をしなければなりません。それについてはご異存ありませんね」

「もちろんです」

「手術は全身麻酔で行った方がいいでしょう。部分麻酔でもいいのですが、意識のある中で、自分の体にメスが入れられる気配やドリルの音を聞くのはあまり気持ちのいいものではないでしょうからね」

「そうですね。そうしていただいた方がいいと思います」

「転倒したということでしたので、一応頭の方も検査しましたが、異常は見られません」

母の容体に関する小田の説明は、すでに叔母から聞いていたことでもあり、特に目新しいことはなかった。

彼の説明が一段落したところで、

「先生、それで全治するまでにはどれくらいかかるのでしょうか」

私は最も気にかかっていたことを訊ねた。

小田はレントゲン写真に目をやりながら、少し考えているようだったが、

「七十六歳ですからねえ」

首を傾《かし》げながら視線を落とす。

「長いことかかるのでしょうか」

「この年齢になりますと、程度の違いはあれ、誰でも骨密度が落ちるものですし、快

復も若い人のようにはいきません。全治するまでには、早くとも三ヵ月から四ヵ月といったところでしょうか」

「そんなに……」

時間の重みが身にのしかかってくる。

「もっとも、それは骨が繋がるまでの話でしてね。その間は当然ギプスで固定しますから、筋力は落ちます。したがってリハビリが必要になります」

「その間は車椅子ということになるんでしょうか」

「お母さんの年齢を考えれば、松葉杖《まつばづえ》というわけにはいかんでしょう」

「リハビリにかかる期間は……」

「それは何とも申し上げられません」小田は深刻な顔をして答えた。「はっきり申し上げて、関節部分の複雑骨折が繋がっても、これまでどおり普通に歩けるようになる可能性は極めて低いと思います」

「一生車椅子の世話になるということですか？」

「車椅子とまではいかなくとも、体を支える道具が必要になるでしょうね。クラッチ（リハビリ用ステッキ）とか杖とかね」

「そうですか……」

予期していたこととはいえ、事態は最悪である。

骨が繋がるまでだけでも三ヵ月から四ヵ月。さらにそれからリハビリ……。

私は自分が中学生の頃、橇《そり》遊びで足を折った時のことを思い出した。

右足の骨二本の完全骨折。確かあの時も、医師の世話にならずともすむようになるまで、三ヵ月を要した。それも中学一年という成長期まっただ中でのことだ。ギプスが外れた時には、足の筋肉はすっかりなくなり、骨と皮だけといった細さになっていた。

当時はリハビリを行う治療施設がなかったから、筋力の回復は普段の生活に任せるしかなかったのだが、当たり前に運動ができるようになるまで、さらに三ヵ月は要したように思う。おそらく母の歳では、倍の時間をかけても筋力が元に戻ることはないだろう。

となると、解決しなければならない問題は山ほど出てくる。

第一は、まず当面母の面倒を誰が見るのかということだ。

骨折の治療の場合、車椅子での移動ができるようになった時点で、退院となるのが相場である。あとは自宅に戻り、定期的に通院しながら骨が繋がるのを待つしかない。

しかし、一人住まいの家に母をそんな状態で戻すわけにはいかない。それ以前に日々の看病もある。通院ということになっても、家からこの病院までは二十五キロもの道のりがある。足が不自由な母に車を運転させるわけにもいかないから、当然送り迎えをする手が必要になる。

第二は、ギプスが外れた以降のことだ。

リハビリのために通院しなければならないことは同じだが、自力での歩行が困難となれば、バリアフリーにはなっていない家のことである。ましてや、日常生活のすべてを母一人でしなければならなくなる。そんな環境の中で生活を送っていたら、また不慮の事故が起きないとも限らない。

特に冬期の生活は、不自由な体となった母にとっては過酷を極めるものになることは間違いない。暖房は石油ストーブで、毎日給油をしなければならないし、雪が降れば外へ出ることなどできやしない。いや、冬でなくとも、食料の買い出しには車が不可欠である。

まさか、そのすべてを叔母に頼る、あるいは人任せにするわけにはいかない。

となれば結論はおのずと決まってくる。母を東京に呼び寄せることだ。

「先生、実は母には一人暮らしをさせておりまして、退院したら東京にと考えているのですが……」

「そうですね。介護の手が必要になるでしょうからね」

「動かせるようになるまで、どれくらいかかるでしょうか」

「術後ひと月くらいは、安静にしていた方がいいでしょうね。動かすとなれば、それからでしょうね」

小田は静かに言った。

私は診察室を出たその足で、すぐには病室に戻らず、病院の玄関を出た。

携帯電話を取り出し、番号を押した。当面の看病を誰がするのか、結論は見いだせなかったが、母の怪我のことは、弟に知らせておかなければならないと思った。

呼び出し音に続いて、「はい……」信吾の声が答えた。

「ああ、俺だ。今、大丈夫か」

「少しならいいよ。これから仕込みがあるもんで、あまり長くは話せないけど」

「実はな、お袋が怪我をしてさ」

「えっ……」

受話器の向こうで、信吾が息を呑む。

「雪かきをしていて転んじまって、足の骨を折ったんだ」

「それ、いつのこと」

「今朝だ。それで今、俺は秋田にいる」

「何ですぐに知らせてくれなかったんだよ」

 信吾は声のトーンを高くし、非難の言葉を浴びせてくる。

「状況を把握してからでもいいと思ってさ。骨折とは聞かされていたし、兄弟二人が慌てて駆けつけても仕方がない。だいいち、お前には店があんだろ」

年末は忘年会シーズンということもあって、飲食店にとっては稼ぎ時のはずである。

「それはそうだけど……」図星をさされて、信吾は口籠もったが、「それで、お袋の様子はどうなの」と訊ねてきた。

「さっき医者から説明を受けたんだが、はっきり言って重症だ。動かせるまでひと月、ギプスが取れるまでそれからふた月以上、リハビリをしても元のようには歩けないだろうって言うんだ。なにせ、お袋も歳だしな」

信吾は事態の深刻さを察知したのか、押し黙る。

「それで、問題は入院中、お袋の看病を誰がするかなんだが、実は義彦の受験が迫っていてさ。和恵も動くに動けないんだ」

「本当なら、留美子《るみこ》をやらなきゃいけないところなんだろうけど……」

信吾は義妹の名前を出して口籠もる。

「分かっている」

大した収入もないのに、子供を私立の高校にやっているのだ。学費を捻出《ねんしゅつ》するのも容易でないことは聞かずとも先刻承知だ。

お互いが家庭を持ってからは疎遠になってしまって、彼がどういう生活を送っているのか詳しいことは分からないが、おそらく義妹も店を手伝う、あるいはパートにでも出て、家計を支えているに違いない。

「あいつも勤めがあってさ。仕事を休むわけにはいかないんだよ」

はたして信吾は声を沈ませた。

「とにかく、お袋が怪我をしたことだけは、伝えておく。お前の家のことは分かっているし、無理をしなくていい。看病のことはこちらで何とかする」

「分かった……それで兄さんはどうすんの」

「俺は正月明けまではこっちにいられる。その間に何とか手立てを考えるよ。とにかくお前は仕事をしっかりやれ。店潰《つぶ》したら、次はないからな」

私は電話を切ると、一つの番号を検索し、発信ボタンを押した。

「もしもし」

直属の上司の取締役国際事業本部長、桑田幸司《こうじ》の嗄《しゃが》れ声が聞こえてくる。

「唐木です。休みの日に申し訳ありません」

「いや構わんが、どうした」

「実は、週明けから正月休みが明けるまで、休暇を取らせていただきたいんですが」

「何かあったのか」

「田舎にいる母親が入院しまして、それで今、実家に戻っているんです」

「そりゃぁ大変だな。確か、君の田舎は秋田だったね」

「ええ。父が亡くなって以来、一人暮らしをさせておりましたので、せめて正月が明けるまでは付いていてやろうと……」

「君の部署の年内の仕事は終わったも同然だし、会社のことは心配するな。そっちでお母さんの看病をしてやればいい」

「ただ、年明けにアメリカ出張を控えておりまして、仕事納めまでに、まだ向こうの連中といろいろやり取りをしなければならないこともあるんですが」

「そんなことは気にせんでもいいだろう。二、三日のことなら君がいちいち指示を出さんでも、部下がちゃんとやるさ。君の決裁を仰《あお》がなければならんようなことがあっ

ても、携帯もあればメールもある。何とでもなるだろう」桑田はあっさり言うと、

「それより、お母さんの容体はどうなんだ」

母の身を案ずるように訊ねてきた。

「幸い、大したことはなさそうです。雪道で転んで体を打っただけなんですが、なにぶん歳が歳ですので」

私は咄嗟《とっさ》に嘘を言った。

「その程度で済んだなら、不幸中の幸いというものだ。骨でも折れてたらおおごとだったぞ。お年寄りの骨折はただの骨折じゃない。気を折られるって言うからな」

ぎくりとした。桑田は何気なく言ったつもりだろうが、彼の言葉が胸に突き刺さる。

「まったくです。私事で申し訳ありませんが、会社の方は宜しくお願いします」

「お母さんも、普段は一人暮らしで寂しかっただろう。せいぜい親孝行してやることだ」

「ありがとうございます。それではよいお年を……」

短い電話を二本かけただけなのに、酷い疲れに襲われた。

私は携帯電話をポケットに仕舞うと、病室に戻った。母が弱々しい視線を向けてく

る。


「どうだった」

　叔母が声をかけてきた。

「これから手術をするって。それからひと月はここに入院することになる」

　私は母の枕元に歩み寄ると、

「手術は全身麻酔でやってもらうから、目が醒めた時には終わっているよ。心配することは何もないから」

　努めて優しく話しかけた。

　母は黙って頷く。

「それから、信吾にも連絡したけど、あいつは店が忙しくて、すぐにこっちには来られないそうだ。しょうがないよな。この時期、水商売は稼ぎ時だから暇《ひま》じゃ困るしね。あいつも凄く心配していたよ」

「申し訳ないね。皆に迷惑かけて……」

「起こってしまったことは仕方ないよ。それより母さん。入院している間はしょうがないとしても、ここを退院したら、俺のところに来てくれないかな」

「あんたのところへ？」

「ああ。先生が言うには、退院してもすぐに動けるようにはならないし、リハビリにも時間がかかるって言うんだ。完全に治るまでは一人暮らしは無理だよ」

「でも、あんたのところへ行ったら迷惑になるよ。和恵さんだって、大変じゃないか。義彦だって、難しい中学に行くんだろ。勉強がますます忙しくなるんだろ」

「そんなことは気にしなくていいんだよ。それに、家に母さんを一人にしておく方が、こっちにしたら厄介なことになるんだ。母さんが元どおり一人で何でもできるようになるまで、和恵や留美子さんが交代で看病しなけりゃならなくなるだろ。東京とここを行ったり来たりするだけでも、サラリーマンにはでかい出費だよ。ましてや信吾のところは、家計も苦しくて留美子さんが働きに出てるっていうじゃないか」

母がなぜ、ここに至っても躊躇《ちゅうちょ》しているのか、おおよその理由は察しがついた。

介護で苦労したのは、母も同じである。父の母、つまり私の祖母が九十三歳で亡くなるまで、面倒を見てきたのは母である。祖母との同居が始まったのは、私が小学校の三年生の時だった。まったく血の繋がっていない祖母と母が同じ屋根の下で暮らすことになったのだ。表面上は家庭内に波風一つ立つことなく過ごしていたのだが、実は二人の間には、様々な軋轢《あつれき》があったらしい。いわゆる嫁姑《しゅうとめ》の諍《いさか》いというやつである。

祖母の生前は、決してそうした出来事があったことを母は話さなかったが、私が結婚して数年経った頃、「母さんもいずれ歳をとったら東京に来てもらわなければならないだろうね」と私が冗談交じりに言った際に、「私は絶対同居は嫌だよ」ときっぱり言い、幾つかの出来事を話してくれたのだ。

孫である私たちには優しい祖母だったが、本当のところはかなりきつい性格だったらしい。

最初に洗礼を受けたのは私が生まれて間もなく、父が県南にある学校に赴任していた時のことである。ある日、一通の電報が届いた。しかも至急電である。

『ハハキトク　スグカエリ　コウ』

今のように電話で簡単に連絡を取ることもままならない時代のことだ。慌てて駆けつけたところが、本人はピンピンしている。母が電報を差し出し、どういうことかと問い詰めても、祖母は知らぬ存ぜぬを繰り返し白を切った。それが始まりで、折りに触れてはそんな嫁いびりがたびたびあったらしい。

しかし、母は最後まで祖母に尽くした。

八十五を過ぎた辺りになると床につくことが多くなり、九十を迎えた頃にはほとんど寝たきりになり、おむつを着けるようになった。老人ホームに入れれば楽であったろうが、母は頑としてそれを拒《こば》んだ。

その頃の記憶は私にもある。

母は家族のものとは別に三度の食事をこしらえ、下《しも》の世話をし、毎日体を拭《ふ》いた。たまに体調がよいときには、床を抜け出し便所に立つことがあったのだが、そんな時、祖母は自ら寝床でおむつを外した。廊下を歩きながら、小便が床の上に滴り落ちた。慌ててそのあとを追い、用便の介添えをする母。そして雑巾《ぞうきん》を持ち出すと、廊下に点々と落ちた小便を黙って拭き清めた。

「どんなに立派なお嫁さんでも、育った時代の違いは埋められないよ。同じ家の中に暮らしていれば、見たくないものも目につくし、言いたくなくても言わなきゃならないことも出てくるさ。お互い気まずい思いをするだけだもの。いい関係でいたかったら、別れて住むことだよ」

祖母の話をした後は、決まって母はそう結んだものだ。

「母さん、体が元どおりになるまでだよ。自分で身の回りのことができるようになったら、また家に戻ればいいさ。だから、東京に来て、一緒に住んでくれるね。俺たちのためだと思ってさ」

私の言葉に、母は黙って頷いた。

それから程なくして、母は手術室に運ばれていった。

私と叔母は病室で手術が終わるのを待った。

和恵の同意を取り付けないうちに、母に東京に来いと言ってしまったことには引っ掛かるものがあったが、それ以外の選択肢はありはしないのだから仕方がない。それに和恵にしても、まさか体が不自由になった母を見捨てるようなことは言うはずもあるまいという確信もあった。

それよりも、やはり問題は退院までの一ヵ月をどう乗り切るかである。

これぱかりは、思案を巡らしても解決策が浮かんでこない。

「栄ちゃん。本当に姉ちゃんを東京に連れていくの」

叔母の声で我に返った。

「うん。まさか、お袋をあの家に一人にしておくことなんてできないもの。仕事もあるし。それにさっきも言ったけど、東京とここを往復する方が大変だもの」

「偉いね」

「偉くなんかないよ。その方が、どう考えても手間がかからないってだけだよ」

「そうじゃないの。和恵さんが偉いって言ってんの」

「えっ？」

私は、叔母の顔を見ながら、思わず小さな声を上げた。

6

病院は夜八時に退出しなければならなかった。

私は実家の傍でタクシーを降りると、夜道を一人歩き始めた。

雪はいつの間にか止んでいた。田畑に降り積もった雪が、水銀灯の光の中に浮かび上がる。雲が去った夜空には星が瞬《またた》いている。

静かな夜だった。歩みを進める度に、足元で雪が鳴く。

「和恵さんが偉いって言ってんの」

病院で叔母の言った言葉が、脳裏から離れない。

「何年寝食を共にしたところで、お嫁さんと実の娘は違うのよ。家事の仕方、子育ての方法、お嫁さんの一挙手一投足が全部比較の対象になってしまう。意地が悪いとかいうんじゃないんだよ。お姑さんには自分の経験ってものがあるからね。子供を一人前の大人に育てた、ここまで家を守ってきたって自負もある。だから、言わなくともいいことも言ってしまうもんなんだよ」

ライフスタイルなんて、世代によって変わるものだ。古い時代の生活様式を、そのまま今の時代に持ち込む方がどうかしてると分かっていても、理性と感情が別物なのは人間の性《さが》である。

もちろん、言う方に悪意があってのことではないのだ。しかし、些細《ささい》な言葉の積み重ねは、両者の間に深い溝を刻む。

「自分が味わった嫌な思いをお嫁さんにはしないようにとは思うんだけど、気がつけば同じことをしてるのよね……」

叔母は最後に複雑な顔をしてぽつりと漏らした。

世間で言われる嫁姑の確執とは、そもそもそんな小さなことから生じるものなのかもしれない。

和恵に相談しないまま、母に「東京に来て一緒に住め」と言った言葉が、今になって重く心にのしかかってくる。

東京で生まれた和恵は、私の海外駐在に同行してシンガポールとニューヨークに住んだ以外、他の地での生活経験はない。そして母は、この小さな町以外での暮らしを知らない。

都会の消費文化に染まった和恵。対して母は、こよなく自然を愛し、寂れた田舎で暮らしてきたのだ。父が現役を退き、年金暮らしをするようになってからは、家計の節約にも熱心である。

まさに水と油。そんな二人があのマンションの３ＬＤＫで寝食を共にするようになったら、どんなことになるか――。

やがて行く手に家に続く坂道が見え始める。足跡一つない新雪を踏み締めながら上ると、玄関に辿《たど》り着く。ドアに鍵《かぎ》はかかっていなかった。手探りで壁際のスイッチを探し、明かりを灯した。玄関の中が蛍光灯の白い光で満たされる。

居間に入ると、部屋の中央には掘り炬燵があり、石油ストーブが二つ置かれていた。

築四十年を過ぎた家はさすがに建て付けが悪くなっているらしい。微かに大気の揺らぎがある。冷えた畳が、たちまちのうちに私の体から熱を奪っていく。

ストーブに火を点《つ》けた。石油の燃える臭いが立ち上る。小さな炎の音が静謐《せいひつ》な空間に虚《うつ》ろに響いた。

待つ人間がいない家というのは、これほど寂しいものなのか。母はこんな孤独な日々を毎日送っていたのか。

頭では理解していたつもりだったが、母の生活の一端を垣間《かいま》見ただけで、私は酷い罪悪感に襲われた。同時に切なさが込み上げてきた。

これまで母を一人にしておいた理由は幾らでもある。

住居スペース、子供の教育、仕事、そして何よりも友人一人いない東京の生活——。

しかし、今となってみると、私が己《おのれ》のライフスタイルを堅持してこられたのも、母の孤独という代償の上に成り立っていたものだと気づく。

私は部屋の隅に置かれた電話を取り上げ、ボタンを押した。

「唐木でございます」

和恵の声が聞こえた。

「俺だ」

「待っていたのよ。お義母さんの容体はどうなの？」

「さっき手術も無事終わった。医者が言うには、全治するまで三、四ヵ月。それからリハビリが始まる。もっとも、それで元どおりになるかどうかは保証できないそうだ」

「やっぱり……」

予想していたこととはいえ、事態の深刻さに和恵の言葉は続かない。

「相談したいことが二つある。一つは当面の看病を誰がするか。もう一つはその後だ」

私は切り出した。

「本当は、私がそちらに行って看病したいのは山々だけど、義彦の受験があるし……」

和恵は、早くも自分は看病に当たれないというニュアンスを匂わせる。

「確かに今のウチの状態を考えると、お前がこちらに来るのは無理だろうな」

「留美子さんは、駄目なの？」

「パートに出てるそうだ。分かるだろう、あいつの家は店の上がりだけじゃやっていけないんだ。留美子さんがパートを休めばたちまち干上がってしまう」

「じゃあ、どうするの？」

「この際しょうがない。お前がこっちに来て看病するしかないだろう」

和恵の反応は分かっていた。しかし、どう考えてもこれしか方法が思いつかない。

私は重い口調で言った。

「本気で言ってるの？　義彦の受験まであと二カ月もないのよ。こんな大切な時に、私がそっちに行けるわけないじゃない」

はたして和恵は声を荒らげた。

「義彦をお義母さんに見てもらえないだろうか」

和恵の実家は、父親はかつて公務員をしており、とっくの昔に隠居した身である。母親は一度も社会に出たことはなく、結婚以来ずっと専業主婦をしてきた。暮らし向きも至って平凡なもので、親の代から受け継いだ世田谷《せたがや》の一軒家で年金生活を送っている。

自分の母親の看病のためとはいえ、妻の実家の手を煩《わずら》わせるのは本意ではないが、事情が事情である。

「そりゃあ、お母さんに来てもらうのは簡単よ。理由を話せば断りはしないでしょうけど……」

和恵はそこで一瞬押し黙り、

「病院って、完全看護なんでしょ」

と訊ねてきた。

「ああ、そうだけど」

「それじゃああまり意味がないんじゃないかしら」

「どうして」

「だって、付き添ったところで外科の病気は食事もご自分で摂れるわけだし、日がな一日傍にいるだけでしょ。せいぜいが下の世話をするくらいだもの。それなら、付き添いの人を雇って世話をしてもらえばいいじゃない。その方が、お義母さんだって気が楽じゃないかしら」

和恵の言うことにも一理ある。

手術を受けたとはいえ、母は食事を摂るのに介添えを必要とするわけではない。嫁とはいえ、朝から夕方まで何をするでもなく、傍にいられたのでは母も気が重いだろう。

しかし、これまで一人暮らしをしていた母の心情を思うと、一人きりの病室でじっと寝たきりにさせておくのは余りにも気の毒だという思いは捨て切れない。それに、和恵には、もう一つここで承知してもらわなければならないことがある。母が退院した後のことだ。

駆け引きというのではないが、ここで気乗りのしない話を無理やり進めれば、呑めるものも呑めなくなる。そんな思いが私の脳裏を過った。

「OK、じゃあこうしよう。俺は一月二日までここにいてお袋に付き添う。そして入れ替わりで、君が二、三日こちらに来て、お袋を見てくれ。後は、その時の状況次第で、付き添いを雇うか、病院に任せるかを決めよう」

「いいわ」

「そこで、問題はお袋が退院した後のことなんだが、実は東京に呼ぼうと思ってる」

私はいよいよ本題を切り出した。

「お義母さんを東京に？　東京のどこへ呼ぶの？」

和恵は驚いた様子で訊ねてきた。

「決まってるじゃないか、ウチにだよ」

「ここに？」

重い沈黙があった。予期していたとおり、和恵が私の決断を肯定的に捉《とら》えていないことは明らかだった。

「ウチのどこにそんな場所があるの」

和恵は険の籠もった声を上げた。

「俺が書斎にしている六畳だ。家具や本はレンタルルームにでも預けて片づければ、ベッドを置ける。そこで怪我が完治するまで住まわせようと思ってる」

「ちょっと待って。それは無理よ」

「何が無理なんだ。年寄りが一人寝るだけの場所だぜ」

「あなたはそう簡単に言うけれど、お義母さんだってこんな狭い家じゃ気が滅入るわ。こちらには、誰一人としてお友達もいないんだし、話し相手が私だけなんて我慢できないんじゃないかしら」

「じゃあ、お袋はどこに行けってんだ。自分一人じゃ何もできない。家だってバリアフリーになってるわけじゃない。そんなところで、暮らせるわけないだろ。食事の支度は。トイレは。買い物は。風呂は」

私は迫った。

「そりゃ分かるけど……」

和恵は語尾を濁す。

「俺はさ、今回のことで気がついたんだ。これまで俺たちが何の憂いもなく外地に赴任できたのも、東京で自由に生活してこられたのも、すべてはお袋が健康でいてくれたからだって。そして俺たちの生活は、お袋に寂しい思いをさせてきた犠牲の上に成り立ってたってことにね。だから、今ここでお袋を見捨てるような真似はできないんだよ」

「あなたの言うことはもっともだと思うけど、それでお義母さんは幸せなのかしら」

「じゃあ、他にどんな方法があるんだ。お袋を呼べないとなれば、君がここに来て、お袋が元どおりに動けるようになるまで面倒を見るのか？」

和恵が沈黙する。私は続けた。

「そりゃあ、友達一人いるわけじゃなし、東京に行けば寂しい思いもするだろう。気兼ねだってするだろうさ。一緒にいなけりゃならない君も大変だ。でもね、半年だ。お袋が動けるようになるまでの間、我慢してくれないか」

「もちろんお食事の支度や、身の回りの世話をしてあげる程度のことはできるわよ。でも、あなたが考えているより、お義母さんの介護はずっと大変なんじゃないかしら。単にここへ来ていただいて、それで済むって問題じゃないんじゃないかしら」

「どうして」

「考えてもみなさいよ。ウチだってバリアフリーになってるわけじゃないのよ。お義母さんが東京に来ても、病院に通わなければならないのよ。ご自分で動けないうちは、誰がその手助けをするの？　家の中にじっとさせておくわけにもいかない。毎日散歩にだって連れていかなければならないでしょ。そのお世話は誰がするの？　私は介護のプロじゃない。素人《しろうと》の私にはできないことだって沢山あるわ。勘違いしないでね。たとえその気持ちがあったとしても、能力的に無理ってこともあるのよ」

今度は私が黙る番だった。

「あなたが毎日決まった時間に帰ってくるような人ならいいわよ。だけど、今だってしょっちゅう海外に出掛けて家を空けるじゃない。来年はもっと忙しくなるんでしょ。結局、誰が面倒見なけりゃならないかっていうと、私しかいないじゃないの」

仕事は家計を支える唯一の手段だ。それを引き合いに出されるのは不本意以外の何物でもないが、和恵の言うとおり、実際母の面倒を自分たちの手で見ていくためには、矢面《やおもて》に立たねばならぬのは彼女である。和恵の協力なしでは、立ち行かないのは明らかだ。

「君の手に余るものがあるんだったら、その部分はヘルパーでも雇えばいいさ」

私は苦し紛れに言った。

「大丈夫なの？　住宅ローンだってまだ払い終えていないのよ。それに義彦が志望どおりの中学に入れば、何かと物入りになるのよ」

「半年だ。それくらいなら何とかなるだろう。いずれにしても、お袋をここに置いておくわけにはいかない。俺たちに選択肢はないんだよ。それが今の時点でのベストの選択なんだ」

母が半年で再びこの町に戻ってこられる保証はなかったが、それ以外の言葉は見つからなかった。

私は、自らに言い聞かせるように言った。

7

たった一人の正月を実家で過ごし、東京に戻ってからというもの、私はあえて母を呼び寄せることには触れないようにした。

逃げたのとは少し違う。同居ということになれば、日がな一日顔を突き合わせ面倒を見るのは和恵である。いずれにしても彼女が納得しないことには話は前に進まない。結婚して唐木の姓を名乗り、家族の一員となったとはいっても所詮《しょせん》は他人。和恵にしてみれば、たまたま夫となった男を産んだ女がいた。母はそんな存在に過ぎないのだ。

もちろん血の繋がりはなくとも、義母の面倒を見るのは嫁の務めであることは和恵も分かっているだろう。しかし、そこに付け込み、理屈で納得させてもろくなことにはならない。諦《あきら》め、あるいは義務。どちらでもいい。要は彼女自身がその気になることが肝要なのだ。

私は正月明けの週末に母を見舞うと、その翌日、今年最初の出張に出た。

アメリカでは仕事に忙殺された。

ニューヨークでは現地法人での連日の社内会議。パワーグリーンとの商談。そしてノースカロライナに飛び、完工間近になった工場の視察。操業開始の打ち合わせ。満足に食事を摂る時間もなかった。朝食は現地スタッフが用意したドーナツかマフィン。昼食はケータリングのサンドイッチ。夕食にしたところで、開いている店に駆け込み、慌ただしく済ませる。そんな日々を四日間過ごして帰国の途についた。

成田からは本社に直行し、桑田に出張の報告を済ませて自宅に帰った時には、夜の十時になろうとしていた。

疲労は時間ではなく移動距離に比例する。航空会社がいかにビジネスクラスを快適なものにしても、五泊七日で十四時間の時差がある距離を往復するのは、さすがに身に応えた。

体の奥底に澱《おり》のように溜まった疲れが噴《ふ》き出してくるのを感じながら、玄関のドアを開けた。

「ただいま……」

重い溜息を吐きながらリビングへと入る。会社を出る前に電話を入れていたので、食卓の上には夕食の用意がしてあった。義彦は最後の追い込みにかかっているのだろう、姿はない。

「お疲れさま。先にお風呂にするわよね」

キッチンに立つ和恵が言う。コンロにかけられた鍋から野菜が煮える匂いが漂ってくる。

「ああ、そうするよ」私は上着を脱ぎながら答え、「お袋、どうだった」と何気ない素振りを装いながら訊ねた。

出張の間に和恵が母を見舞ったことは、アメリカからかけた電話で聞いていたが、ホテルに帰るのは連日深夜のことで、会議で神経をすり減らした上に、時差ボケとあっては満足な会話にならなかった。まともな話をするのは一週間ぶりのことだ。

「痛みは全然感じなくなったって。食欲もあるし、顔色もよかったわ。先生にもお会いしたけど、経過は良好だって。さっき妙子おばさんにも電話をしたけど、今日もまったく変わりなし」

「電話しておいてくれたのか」

「あの様子じゃ、電話なんてかけられなかったでしょ」

同居については難色を示してはいても、やはり身内のことは気になるらしい。和恵の声に、一週間前まで見せて、刺々しさはない。

「そんなに酷かったか、俺……」

「外地であんなに疲らあなたの声を聞いたのは初めて」

私は苦笑いを……」コップに水を注ぐと、一息に飲み干した。

「今回は、ともお義母さんのこと？」

「上考えなけりゃならないことが二つもありゃ、頭も混乱するさ。義彦は勉
いよいよひと月を切ったんだもの。毎日遅くまで机に向かってるわよ」

「そろそろ朝型に切り替えた方がいいんじゃないのか。それに今まで充分やってきた
んだし、余裕を持つことも大事だよ」

和恵は笑って頷くと、

「ねえ、お義母さんのことなんだけど」

一転して真顔で言った。

「うん……」

「あなた、これからも秋田との往復を続けるつもり」

「そういうことになるだろうな。実は明日にでも日帰りで様子を見て来ようと考えていたんだ」

「行ったところで、何をしてあげられるってわけじゃないでしょう」

「見舞いなんてそんなもんだろ。病に臥《ふ》せった友人、知人の顔を見に行ったって、病気が治るわけじゃない。みんな自分を納得させるために行くんだ。あと何年生きるか分かんない実のお袋だぜ。後で後悔するのは嫌だろ」私はコップを静かに置くと続けた。「それにさ、見舞われる方にしたら、人が来てくれるのは、日頃どれだけ自分が愛されてるか、大事に思われてるかってことを測る尺度でもあるわけだ。ましてや、来てくれるのが家族なら尚更《なおさら》そう思うんじゃないのかな」

ね、お義母さん、私がお見舞いに行ったらこう言ったわよ。何も栄太郎だけじ

電車賃たなたまで来てくれることはない。義彦が大事な時だってことは分かって

かかるんです間のことを考えろ。怪我なんて時間が経てば治るもんだ。だいいち、

「金の問題じゃもころうって。そうよね、実際往復するだけでも、三万三、四千円も

ないだリーマンには馬鹿にならない出費よ」

そうは言ったものの、確か金のことは頭が痛い問題である。これから先、月に何

度往復することになるのかは分からないが、二往復すれば六万七千円。三往復すれば十万以上の金が出ていく。収入の絶対額が決まっている身には、痛い出費であることには違いない。

「家計を預かる身には、大事な問題よ。何もしなくても、ただ生きてるだけで出ていくもの、それがお金ってものよ」

はたして和恵は言う。疲れた体に鞭打つように現実が重くのしかかってくる。次の言葉を発する気力が失せ、私は沈黙した。

「それで、私考えたんだけど」

「何をだ」

「やっぱり、お義母さんにここに来ていただこうかって……」

「えっ？」

「先生にもいろいろ訊いたんだけど、病院は、車椅子を使って動けるようになった患者をいつまでも入院させておけないって言うし、かといってあの家じゃ、お義母さんを一人で置いておくわけにはいかないものね。介護人だって雇えば交通費以上のお金がかかる。結局、限られたお金の中で、どうやりくりするかを考えたら、お義母さんが自分で動けるようになるまで私たちが世話をするしかないって」

「本当にいいのか？」

和恵が母をこの家に受け入れてもいいというのが、情よりも経済上の理由であることが気になったが、ない袖《そで》は振れないのは事実である。マンションと車のローン、義彦の学費は待ったなしだ。いや志望どおりの中学に合格すれば通学費に塾代と、今まで以上に出費は増える。

「それに、やっぱり歳を取ったお義母さんに不自由させる上に、寂しい思いをさせるのは忍びないし……。私の両親に置き換えてみたら、どうなんだろうって考えたのよ」

「じゃあ、退院と同時に、ここに来てもらっていいんだな」

和恵はこくりと頷いた。

「ありがとう……。体の自由が利かない年寄りの面倒を見るのは大変だと思うが、宜しく頼むよ」

「あと二人いるんですもの、練習だと思えばいいわ。でもあなたは大変よ。書斎がなくなるから家での仕事ができなくなるし」

和恵は白い歯を見せた。

「構わないさ。仕事は会社で済ましてくる。お袋の面倒も君任せにはしない。俺もできる限りのことはするから」

「仕事があるあなたに無理は言えないけど、何もかも嫁に縋《すが》るのはお義母さんも気詰まりだろうし、フラストレーションが溜まるとお互いよくないと思うの。だからあなたも協力してよね」

「ああ。できる限りのことはするよ」

抱えていた問題の一つが解決した。その嬉しさに、私は後先のことを考える間もなく、言葉を返した。

8

「あなた、合格したわよ」

受話器の向こうから和恵の弾む声が聞こえた。

義彦が受験した、文英《ぶんえい》中学の合格発表は翌日だったが、和恵によれば前日の夕刻には、学校の玄関に合格者の受験番号が書かれた紙が掲示され、ガラス越しに見ることができるのだという。

「本当か。間違いないんだろうね」

「ちゃんと確認したわよ。２４３番。確かにあったわ」

中学受験に要する労苦は並大抵のものではない。この三年間、義彦はもちろん和恵も必死になって彼を支えてきたのだ。しかも第一志望突破である。思いが叶えられた嬉しさが伝わってくる。

「そうか、よかった。義彦は知っているのか」

「当たり前じゃない。先に知らせたわよ。帰りに塾に寄って、先生に報告してくるって。大喜びよ」

肩からまた一つ、重しが取れた。有名私立校に入学したからといって、義彦の人生の何が変わるというわけではない。一流と言われる大学から大企業に就職したとしても、人生が約束されるものでもない。競争社会、淘汰《とうた》社会が確立された今、生き残るためには学歴とは別の個人の能力そのものが問われることは分かっている。

しかし、中学受験は、親が子供にかかわれる試験としては最後のものだ。特に、遅くに子供を授かった私たち夫婦にとっては、精神的にも肉体的にもこのあたりが限界である。

重圧から解放された気がして、私は思わず安堵の溜息を吐いた。

「今夜はさっそくお祝いをしなくちゃ。あなた、今日は早く帰ってくれるわよね」

和恵が早々に訊ねてくる。

「それが、今夜も早く帰れそうにないんだ」

「一日くらいどうにかならないの。おめでたい日だっていうのに……」

和恵は不満げな声を上げる。

「六時から会議の予定が入ってるんだよ。それに八時からは、ニューヨークとの電話会議もある。向こうは早出をしてくるんだ。今さら予定を変えるわけにはいかないよ。家に帰れるのは、早くとも十時を回ると思う。だいいち、正式な発表は明日じゃないか。週末にでも、三人で外でお祝いしようぜ。君も今からお祝いの準備じゃ忙しいだろうし」

「しょうがないわね。じゃあ、土曜日の夜にレストランを予約しておくわ」

「すまんがそうしてくれ」

「それから、お義母さんにも知らせておいた方がいいわね。この間行った時にも、義彦のこと、随分気にかけていたようだったから」

「ああ、頼む」

その日の会議は思ったよりも長引いた。

パワーグリーンに行うプレゼンの画面をメールで送り、ニューヨークの谷繁ら三名と内容を確かめながら修正を加える。大型案件の受注が懸かっているとなれば、議論にも自然と熱が籠もる。

会議室を出ると、オフィスには誰もいない。十時をすでに回っていたが、部下がこれから飲みに行かないかと誘う。

しかし、仕事だと言っておきながら、アルコールの臭いをさせながら家に帰るのは気が引けた。

私は誘いを断り家路についた。

「おかえりなさい」

ドアを開けると、和恵が言った。義彦はリビングの椅子に座って、十一時のニュースを見ている。

こんなくつろいだ息子の姿を見るのはいつ以来だろう。

「義彦、おめでとう。よかったな」

私は優しく声をかけた。

「うん……」

義彦は照れたような笑いを浮かべる。

「文英の授業は凄いスピードで進むそうだから、油断しないようにな。もっとも、勉強だけしてたんじゃ駄目だ。趣味でも何でもいい、興味を持てるものに熱を入れるのも大切だ。いい大学に入ったって、社会に出てからが本当の勝負だ。人間の幅を広げておかなきゃね」

「趣味ねえ……。普通は六年で終わらせる勉強を、五年でやるんだよ。そんな暇あるかなあ。文英に入ったって、また塾通いをすることには変わりないんだし」

「時間は作るものだよ」

「そうね、時間は作るものよね」

和恵が少しばかり皮肉の籠もった言葉を投げ掛けてきたが、今夜はやはり機嫌がいいとみえて、棘《とげ》はない。

「あなたお食事は」

鼻歌を口ずさまんばかりの上機嫌で訊ねてきた。

「いや、まだだ。誘われたんだが、さすがに断った」

「じゃあ、すぐ準備するわ。その間にお風呂に入れば」

「ああ、そうだね」

そう答えながら上着を脱ぎかけた私に、

「ねえ、あなた。お義母さんなんだけど……」

和恵が声を曇らせた。

「ああ、そうだ。お袋、喜んでただろ」

「それが、あの後すぐに、義彦が無事第一志望に合格したって電話を入れたんだけど、はあ、よかったねって、何だかどこか上の空のようなのよ」

「田舎のことだ。中学受験なんて言ったたって、ピンとこないんだろ」

「この三年、夏に田舎に行ったたっていっても、夏期講習の合間を縫って三泊四日がいいところ。去年はそれも失礼したのよ。受験がどれだけ大変かってことは、知っているはずなのに」

「少しは喜べってか?」

「そういうわけじゃないけど……何か反応が鈍いのよね」

「田舎じゃ高校だって、私立といやあ公立を落ちたやつが行くもんだ。ましてや中学なんて受かって当然だとでも思ってんじゃないか」

「入院した時には、自分のことより義彦の受験があるから、そっちを優先しろって言ってたくらいよ。随分気にかけていたのに……」

「お袋も、こっちに来れば受験がどれだけのものかってことが分かるさ」

「おばあちゃん、東京に来るの?」

私たちのやり取りを聞いていた義彦が訊ねてきた。

「お前にはまだ話していなかったが、再来月、退院したら、怪我が治って一人で歩けるようになるまで一緒に住むことになる」

「ここに？」

「おばあちゃんは、退院しても一人じゃ生活できないからね。しばらくは四人暮らしだ」

「どこに寝るの？　おばあちゃんの部屋なんてないじゃない」

「父さんの書斎を空けることにしたんだよ。そこにベッドを置く」

「大丈夫かな」

「何が」

「僕、隣の部屋が書斎だから、遅くまで起きていても気にしなかったけど、夜中までごそごそやってたら、おばあちゃん寝られないんじゃない」

「勉強も少しは楽になるだろう。それに同居するっていっても三ヵ月やそこらだ。夏休みには、田舎に行くついでに送っていけばいい。そうだ、受験も一段落したことだし、お前も一度おばあちゃんの見舞いに行ったらどうだ。何なら、今週末にでも父さんと日帰りで行ってみるか」

「そうね、義彦は一度もお見舞いに行っていないんだもの。行ってきたら」

和恵が傍《かたわ》らから口を挟んだ。

「うん。分かった」

「じゃあ、日曜の朝一番の新幹線で出掛けよう。土曜日は、お祝いの食事会があるから忙しい週末になるな」

私は義彦に笑いかけながら言うと、バスルームへと向かった。

9

駅には叔母が迎えに出ていた。

「あら、義彦ちゃん、大きくなったね」

叔母の声に、義彦がはにかみ笑いを浮かべながらぺこりと頭を下げた。

「四月から中学生だもの。受験が終わって一息ついたんで、ようやく見舞いに来られたんだよ」

私は義彦に代わって言った。

内心では、最難関の文英中学に合格してくれたことがやはり誇りである。話題がそ

ちらに向かぬかと思ったのだが、

「都会の子は大変だね。中学に行くにも受験があるんだものね」

叔母はまったく関心を示さず、駐車場に止めた車に向かう。

まあ、こんなもんだ。和恵は母が義彦の合格に喜ぶようでもなかったと言って不満そうだったが、やはり都会の受験事情など、田舎の人間にとっては遠い話でしかないのだ。

「で、お袋の具合はどう？」

私は叔母の後に続きながら問いかけた。

「食欲もあるし、快復も歳のわりに順調だって。たぶん、予定どおり再来月には退院できると思うよ」

「毎日どうしてんの。病室に籠もりっきりじゃ、退屈してんじゃないのかな」

「栄ちゃんが顔出さなくとも、毎日お見舞いの人が来るからね。昼間は退屈するってことはないと思うよ。それに看護師さんも、皆顔見知りのようなもんだから、むしろ退院した後、お礼をどうしたらいいかって頭を痛めてる」

叔母は微かに笑いを浮かべる。

「付き合い広いからな、お袋……」

父が死んでからは、近隣の住人との付き合いはもちろん、町の民生委員やボランティア活動に精を出すようになって、母の交際範囲は広がる一方である。これといった娯楽もない町では、知人の入院見舞いは義理もあろうが、絶好の時間潰しでもある。そして見舞いには、必ずと言っていいほど現金を携《たずさ》えてくる。だから、退院後のお見舞い返しは大変だ。

何しろ、葬式に際しても受付での記帳の習慣はなく、誰が何を持ってきたのかは、母の頭の中にあるだけだ。お見舞い返しを一括して送ろうにも、名前と住所を母に訊ねながらリストアップするところから始めなければならない。

先が思いやられた。

「そういえば、一昨日、家の様子を見に行ったら大変なことになってたんだよ」

叔母が顔を曇らせた。

「何かあったの」

「今日は少し暖かくなったけど、物凄く寒い日が続いてね。家に行ってみたら水道管が破裂していて、すっかり凍りついていたの。壁の中まで水浸し。一応、水道屋さんを呼んで、元栓を閉めてもらったけど、姉ちゃんが戻ってくるまでに、修理しておかないと駄目だよ」

「そりゃすまなかったね。もう、あの家も四十年以上になるもんなあ。水道管だけじゃなくて、あちこちかなりガタがきてんだろう」

「お義兄《にい》さんが生きていた時には、屋根のペンキ塗りもやってくれたから、何とかなっていたんだろうけど、もう八年になるものね。姉ちゃんに訊いたら、去年の夏は雨漏りがして、直してもらったっていうけど、応急処置だったっていうし。直さなきゃならないところは、他にもあるんじゃないかねえ」

「直すって言ってもねえ。どの程度やればいいのか……」

「それだけじゃないよ。栄ちゃんは気がつかなかっただろうけど、家の中に農家の人たちが持ってきてくれた野菜や果物が山のようにあって、腐りかけてんの。あれを放っておいて春が来たら、えらいことになるよ。かといって姉ちゃんが帰ってきても、重たいものを持ち上げて始末できるとは思えないし。東京に行く前に片してしまわないと……」

　義彦が中学に入学するに際しては、ただでさえも大きな出費を余儀なくされる上に、家の修理に荷物の整理――。

　母を東京に呼び寄せるに当たって解決しなければならない問題は、思っていた以上にありそうだった。

元より一年に一度、夏休みに四、五日程度しか会うことはなかった孫である。しかも昨年は受験間際とあって、それもなかった。ベッドに横たわる母は、義彦の姿を見ると、成長ぶりに驚き、

「よっちゃん、中学合格おめでとう」

と、しっかりした口調で祝いの言葉を口にした。和恵は母の様子がおかしいと言っていたが、特に気になるような気配はない。

和《なご》やかなひとときを過ごし、実家に寄った私は、義彦が風呂に入っている間に家中の部屋を見て回った。

溜息が漏れた。

母は貧乏性というのか倹約家というべきなのか、とにかく物を溜め込む性質《たち》で、若い頃より近隣からの貰い物に限らず、スーパーの折り込みチラシを見ては、今日はこれが安い、あちらが買い得だといって、保存食品や日用品を買い漁《あさ》った。居間と寝室こそ綺麗に片づいてはいたが、他の部屋はすべて貰い物や買い込んだ品物で溢れ返っていた。台所の脇の上がり框《かまち》には、山と積まれた葉野菜が、溶けかけて腐臭を放ち始めていた。軒先に置かれた根菜もしかりだった。

幸い、明日は祝日である。私は和恵に電話を入れ、翌日、朝一番の新幹線でこちらに来るように言いつけた。退院の日が、うまく私が休暇を取れる時にぶつかればいいが、海外出張と重なれば、和恵一人に家の整理をさせるのには無理があると思ったからだ。

翌日、和恵が到着すると、早々に家の整理に取りかかった。

これも周囲の人たちの母に対する好意の表れには違いないのだが、とにかく凄い量だ。

野菜や果物といった生鮮食品の類《たぐい》ばかりではない。冷蔵庫の中もまた同様である。収納したというより、押し込んだといった方が当たっているほどに食材が詰まり、しかもそうした冷蔵庫が三台もある。アルコールの類は一切口にしないのに、父が生きていた頃のものか、賞味期限など何年も前に過ぎてしまったビールや酒が、家のあちらこちらから出てくる。

必要なものは必要な時に、一度で使い切る量を買うという、都会の生活に慣れてしまっている和恵は、それらを目にしただけで、あからさまにうんざりした顔をし、

「これじゃ、捨てるものだけでも軽トラック一台分にはなるわよ」

と言い出す始末である。

東京なら本当に業者を呼び、片づけを頼まなければならなかっただろうが、幸い実家に隣接して僅かばかりの畑があった。都会とは違って、隣家が軒を連ねているわけでもない。生鮮食品はそこに捨ててしまえば、カラスが啄《ついば》み、やがては土に返る。和恵は、冷蔵庫の中の食品のラップや包装を剝がし、私はひたすら中身を畑に捨てるという作業に丸一日を費やした。

夕方になって、母の元を訪ねた私は、

「今度は退院の時に来るよ。病院からそのまま、東京に向かうことになるけど、いいね」

改めて念を押した。

母は、私ではなく、和恵の方を見ると、

「ご迷惑おかけします……」

申し訳なさそうな目を向け、他人行儀な口調でぽつりと言った。

「東京でリハビリをして、歩けるようになれば、また戻ってこられますよ。気がねしないで、ゆっくり養生してくださいね」

和恵が嫁らしく、優しい声を掛けた。

母は静かに頷き、込み上げる涙を堪えようとしているのか、何度もまばたきをした。

10

母が東京にやって来たのは、義彦の入学式が終わった直後のことである。

高齢というせいもあって、比較的順調に快復しているとはいっても骨折の治りは遅く、車椅子に乗せた母を新幹線で東京まで運んだ。

家具や本をすべてレンタルルームに入れ、ベッドを置いた書斎が母の居室となった。

今まで過ごしていた病院とは違い、窓から見える景色は、杉並の住宅街の家並みとビルの群れだけである。

近くの総合病院で、リハビリを受けるための送り迎えは和恵が担うことになった。

それに際しては、今まで使っていたセダンでは不便だということで、ワゴン車に買い替えた。義彦の学費に加えて新車の購入は、まったく想定外の出費となったが、和恵の労力を考えれば致し方ない。

和恵は、

「ようやく、義彦に手がかからなくなったのに……」

　と、少しばかり愚痴めいた言葉を口にしないではなかったが、それも三ヵ月やそこらの我慢だと思ったのか、それ以上のことは言わなかった。とにかく、決して広いとは言えない3ＬＤＫのマンションで、三世代四人の生活が始まった。

　一方で、仕事はいよいよ山場を迎えようとしていた。

　ノースカロライナ工場は建屋の工事が終わり、生産ラインの取り付けが進んでいた。

　現地従業員の雇用にも目処《めど》がつき、教育研修も始まった。

　パワーグリーンとの販売契約は基本調印を終え、あとは製品ごとの年間販売台数の目標を定めるところまで漕ぎ着けた。どれほどの台数を売ることを確約するか。それによって、納入価格が決まるのだ。加えて、大手不動産ディベロッパーとの交渉も着々と進んでいた。

　いずれにしても、以前にも増して激務に追われる日々がやってきた。やらなければならないことは山ほどあった。もはや、夜も昼もない。国内にいても、時差ボケ状態である。

　その日、私は今年二度目のアメリカ出張を終え、成田から直接自宅に戻った。

「今帰ったよ……」

「お帰りなさい」

和恵は、いつになく表情が冴《さ》えない。

「義彦は？」

「クラブ活動でまだ帰ってないの」

「そうか」

中学に入学して以来、今まで塾通いで満足に運動もできなかった鬱憤《うっぷん》を晴らそうというのか、義彦はサッカー部に入って、帰りは午後七時を回るのが常となっていた。

ふと時計に目をやると、時刻は六時半。帰宅まではまだ三十分ほどある。

「じゃあ、先に風呂に入るか」

熱い湯に入れば長旅の疲れも、疲労困憊《こんぱい》した気持ちも少しは和らぐだろう。私は何気なく言った。

「ねえ、あなた……」和恵が声を潜《ひそ》めた。「お義母さんのことなんだけど……」

「ん？」

「お義母さん、あんなに口煩かったっけ」

和恵は眉間《みけん》に皺を寄せ、酷く不機嫌な声で言う。

「何かあったのか」

「大したことじゃないんだけど……」和恵は一瞬、口籠もると続けた。「あなたが出張に出た三日後くらいからだったかしら。朝食の時に、突然……和恵さんは毎日こんなに朝が遅いのって言い出してね」

「お前、いつも六時半には起きてるじゃないか」

「もちろん、あなたがいなくてもそうよ。義彦の朝食の準備もあるもの。ご飯を炊《た》いて、味噌汁を作って、いつもと同じようにしていたんだけど、お義母さん、どうも朝五時には起きているらしいのね」

「まあ、年寄りは早寝早起きが常だ。田舎じゃ、朝飯前に来客があったりするからな。その習慣が抜けないんだろう」

「それだけじゃないの。朝食の席に一緒に着くでしょう。義彦には毎朝野菜ジュースを飲ませるんだけど、それを見るなりお義母さんが、朝からそんなパック入りのジュースを飲ませるのって、呆れた声を上げるの。義彦が学校帰りに、炭酸飲料なんか手にしているところを見つかるともう大変。そんな色水を飲んだら体に悪い、骨が溶けるって、凄い剣幕で言うのよ。まあ、それは私も理解できないではないから、義彦を窘《たしな》めはするんだけど、私の毎日の買い物にまでいろいろ言うのよね」

「何て？」

「リハビリの間にスーパーで買い物するわよね。例えば大根一つ買うにしても、半分にカットされたものを見つかったりしたら、一本買った方が安いんじゃないか。それに葉っぱだって塩で揉《も》めば、浅漬けの漬物になるし、そのまま刻んで納豆に入れれば、栄養になる。ほうれん草の胡麻和《ごまあ》えや、春雨《はるさめ》サラダの出来合いの総菜を買ったりしたら、あなた、そんなものをわざわざ高いお金を出して買うのって、目を丸くして驚くのよ。何だか、私の行動の一つ一つを監視されているようで、凄くやりづらいの」

「まあ田舎じゃ、大根だってあのとおり、近所の農家の人たちが束にして持ってきてくれるんだ。それに育った時代が時代だからな。都会の感覚にまだ追いついていないんだろ。ジュースや炭酸飲料にしても、俺も小さい頃は、同じ事を言われたもんだ」

疲れているところに妻の愚痴を聞くのは応える。私の口調はぞんざいなものになった。

「あなたはそう言うけど、私だって何も好き好んでスーパーの総菜を買ったりしているわけじゃないのよ。週に三回お義母さんを病院に送り迎えして、時間を取られるでしょう。帰ってくれば来たで、掃除もあるし、お風呂にも入れてあげなきゃならない。時間があれば、おっしゃるとおり、出来合いのものなんか食卓に出したりしませんよ。だけど、どこかで手を抜かなければ、やっていけやしないのよ」

どうやら、私の口調が気に障《さわ》ったらしい。和恵の言葉に少しばかり怒気が籠もったように感じた。

「それにね、私だけじゃないのよ。義彦にしてもそう。あの子、サッカーを始めても、相変わらず勉強の手を抜くことはなくて、毎晩遅くまで机に向かっているんだけど、朝食の席で顔を合わせるなり、あんまり遅くまで起きてるもんじゃない。子供は十時半には寝るもんだって説教するの。それも毎日よ」

「あいつ、受験前は毎晩十二時、一時まで勉強してたもんな」

「だから、田舎の子供とは違いますって言うんだけど、そんな不健康な生活習慣を身につけてしまったら、ろくな大人にならないって、面と向かって言うのよ。義彦はあのとおり、優しい性格だから口答えはしないけど、その代わり何となくお義母さんを避けるようになって、晩御飯が終わるとすぐに部屋に閉じ籠もって、朝まで出てきやしない。だからこの数日は、私とも満足に言葉を交わしていないの」

狭い生活空間の中で、義理の親子とはいえ、育った環境が違う赤の他人が顔を突き合わせて暮らすのだ。何かしらの軋轢が生じることもあるだろうとは思っていたが、思ったよりも早くその時がきてしまったようだ。

週末はともかく、一日のほとんどを母と過ごすのは他の誰でもない、和恵である。買い物から家事に至るまで、口を挟まれたのでは愚痴の一つも言いたくなって当然というものだ。

「お袋は部屋か」

私は溜息を吐くと、和恵に訊ねた。

少し前まで書斎として使っていた部屋の扉を叩くのは、何やら奇妙な気持ちになる。

「母さん、俺だけど、入るよ。いいかな」

返事はなかった。私は二度軽くノックをし、ノブを回した。

薄暗い空間が目の前に広がる。外はもう夕闇が迫っているというのに、母は明かりも点けずにベッドに横になっていた。

寝ていたわけではないらしい。電動ベッドを起こし、上半身を預けた姿勢で顔をこちらに向けてくる。私の背後から差し込む明かりを受けて、虚ろな目に淀んだ光が宿る。

「寝てた？　電気を点けるよ」

スイッチを入れると、蛍光灯の白い光の中に、部屋の様子が浮かび上がる。

ベッドの傍らには、折り畳まれた車椅子があり、夜の間に尿意をもよおした時のために、尿瓶《しびん》が用意されているのが痛々しい。

床には身の回りのものを詰めたバッグが二つ置かれている。壁に掛けられたハンガーには、化織の衣類が吊るされていた。

自力で動けるようになるまでの仮の住み処だと思い、最低限必要と思われるものだけを持ってきたのだが、こうして見ると何とも寒々しい部屋である。

「今アメリカから帰ってきたんだが、具合はどうだい」

母はゆっくりと視線を向けると、

「やっぱり長いことギプスで固定してたもんだから、関節が硬くなってるんだね。夜のうちに痛みは引くんだけど、病院に行ってリハビリを受けると、またぶり返す。その繰り返しだよ」

顔を顰《しか》めながら言った。

「疼くの？」

母はこくりと頷く。

「それならこんな暗い部屋でじっとしていたら駄目だよ。痛みの方に神経がいっちまうだろ。テレビを見るとか、本を読むとか、何か気を紛らわすことをしなくちゃ」

「テレビなんて面白いものやってないよ。それに本っていってもねえ……」

「母さん、昔ゆっくりと古典を読み返したいって言ってたじゃないか。田舎にいれば、友達が来たり、雑用に追われてそんな時間も持てなかったろうけど、ここなら誰も訪ねてこない。読みたいものがあるのなら、和恵に言ったらいい」

私は、初任給の記念に『平家物語』を買ってやったことを思い出しながら言った。

母は旧制女学校時代に古典の授業が大好きだったと言い、よく古典の一節を口にした。

私の会社のポジションが一つ上がれば、祝いの言葉の後に、「だけどいい気になるんじゃないよ。娑羅双樹《しゃらそうじゅ》の花の色、盛者必衰《じょうしゃひっすい》の理《ことわり》をあらわすっていうからね。今がよくても、どうなるか分からないんだからね」といった具合にだ。そしてその後に、「機会があれば、もう一度古典を勉強してみたい」と言うのが口癖だった。

「今さら古典もねえ……。それに目が見えなくなってるもの」

ところが母は気乗りのしない返事をする。

「眼鏡あんだろ」

「度が合わないんだもの」

「新しいのを作ればいいじゃないか」

「すぐに目が悪くなって、使えなくなるんだよ。年寄りだもの、何度も作り直すなんてもったいないよ。もう何年も生きないんだし……」

「そんなこと分かんないだろ。百まで生きるかもしれないじゃないか。だいたい、何かっていうともったいないって、必要なものに金を使わないでどうするんだ」

私は思わず声を荒らげた。

教職に就いて校長まで務めた父は、これといった産業のない田舎町では高給取りの部類に入っていたと思われる。

そのお陰で独り立ちするまでは、不自由することなく自分の思うがままの道を歩んでこられたのだが、父が退職した後も、そして母一人となってからも今日に至るまで、金銭の援助というものを私はしたことがなかった。

それは、両親が一度たりとも支援を依頼してこなかったせいもあるが、私の中に、父の退職金や貯金もあるだろう。年金もある。金に困るようなら言ってくるはずだ。こちらから母の懐《ふところ》具合を訊ねる必要はない。それに万一支援を依頼されると困ったことになる、という気持ちがあったからだ。

だから金のことを言われると、そんな心情を見透かされていたような気がして、後ろめたい気持ちになる。

「母さんは節約しているつもりかもしれないけどさ、結果から言ったら、まったく逆なんじゃないのか。家の中を見させてもらったけど、野菜なんて食べ切れないほどあったぜ。酒や缶詰にしたって、親父が生きてた頃からのものが山になってた。安く買ったつもりでも、結局捨てるんなら、無駄金使ってるのと同じことじゃないか」

「私は捨てたりしません。食べ切れないと思えば漬物にしたり、大根一つとっても、葉っぱまでちゃんと食べてます。お酒だってお返しに使ったりしてます。無駄は一切ありません。都会の人のように、今日なら今日の分だけなんて、もったいないことはしません」

「その都会の人とかって考え方は止めてくれよ。田舎と違って、家に余分な部屋があるわけじゃないし、漬物を作ろうにも場所もない。余った野菜を冷蔵庫に入れておこうにも、母さんのように二つも三つも持ってるわけじゃないんだ」

「色水や、出来合いの物はしまっておけるのに、手間隙《ひま》かかる物は駄目だなんておかしいね。あんたがいくら稼ぎがいいか知らないけど、そんなことをやってたら、困る時がくるよ。明日ありと思う心のあだ桜、夜半《よわ》に嵐の吹かぬものかは、ってさ。昔の人はよく言ったもんだ」

どうしてこうも頑固なのか。母は間髪《かんはつ》を容《い》れず、言葉を返してくる。

「母さんが田舎で一人でやってる分には何も言わないさ。だけどね、都会には都会の暮らし方があるんだよ。誰もが広い家に住んでいるわけじゃないんだ。家事にしたって、時間を気にせずってわけにはいかないんだ。和恵にしたって、そりゃ家計をやりくりするのは楽じゃないと思うよ。サラリーマンの給料は決まってるからね。普段は少しでも安いものを買おうと、スーパーを梯子《はしご》することだってしてるさ。だけど、母さんを病院に送り迎えしたり、義彦の面倒を見たり、その上家事だろ。時間の算段が大変なんだ。いつものようにはいかないんだ。そこは分かるよね」

「あんたがよければ、いいんだよ。好きなようにしなさい。私はもう何も言いませんし」

母は声を震わせながら言うと、ぷいと横を向き目を閉じた。

もう少しましな話し方があったろうと、後悔の念を覚えた。

和恵を弁護するために、母の介護を引き合いに出したのは、卑怯《ひきょう》だったかもしれない。しかし、四六時中母と顔を突き合わせ、家事をしながら面倒を見ている和恵のことを考えると、どうしても言葉がきつくなる。

「とにかくさ、体を元に戻すことだけを考えてくれよ。ここにいる限り、余計なことには気を遣わずに、ゆったりとした気分で過ごせばいいよ」

私は一つ息をし、力を抜いた声で言うと部屋を出た。

成り行きを窺っていたのか、台所に立つ和恵と目が合った。

喉の渇きを感じた私は、ミネラルウォーターをコップに注ぎ、一気に呷った。

「どうだった、お義母さん……」

和恵が不安気な声で訊ねてくる。

「いつからあんなに意固地になっちまったのかな。昔から多少頑固なところはあったけど、これほど酷くはなかったように思うんだがなあ」

「何を話したの」

「決まってるじゃないか。都会には都会の暮らし方があるんだ。田舎と同じ感覚でいるな。細かいことは気にせずに、養生に専念しろ。まあ、そんなところだ」

「そうは言ってもねえ。理屈の問題じゃないから……」

和恵は、軽く溜息を吐くと、包丁を動かし始めた。

「それより、前にお袋の反応が鈍いとか言ってたことがあったよな」

「義彦の入試の結果を知らせた時のことね」

「反応が鈍いどころか、ああ言えばこう言うの典型みたいに言葉を返してくるぞ。あの様子だと、体が思うように動かなくとも、頭の方はまったく心配ないな。ボケの欠片《かけら》もないな」

「でも、あなた。いくら実の母親だからって、あんまりきついこと言っちゃ駄目よ。私には気を遣うでしょうし、本音を話せる人はあなたしかいないんだから。お義母さん、身の置き所がなくなっちゃうわよ」

「分かってるさ」

言い過ぎたかもしれない——。

ぷいと顔を背《そむ》けた母の姿が浮かぶと、いたたまれない気持ちになり、

「俺、風呂に入ってくるわ。今日は酒を飲んで早く寝ることにするよ。少し疲れた……」

私はワイシャツのボタンを外しながらバスルームに向かった。

11

母の身に明らかな異変が生じたのは、それからひと月ばかりが経った日のことだった。

会議を終えたのを見計らったように、携帯電話が鳴った。液晶表示には『自宅』の文字が浮かんでいる。返事をする間もなく、切迫した和恵の声が聞こえてきた。

「あなた。お義母さんの様子が変なの」

「どうした」

「さっきお部屋に行ったら、妙な臭いがするんで、布団を捲《まく》ってみたの。そしたら、お義母さん、お漏らしをしていて」

「お漏らしって……失禁か？」

「そう。お布団がびしょびしょなのよ。それで、どうして声を掛けてくれなかったんですか、間に合わなかったんですかって訊ねたら、私じゃない、絶対違うって言い張るの。そりゃ必死になって。その時の目つきが、なんだか尋常じゃないのよ。私怖くなって……お義母さん、まさか……」

和恵の声は狼狽《ろうばい》したものへと変わる。

腹の中に鉛のような重く冷たい塊が出来る。頭の中で和恵の声が渦を巻く。

そんなことはないだろうと思う一方で、もしや……という気持ちが交錯する。

予兆はあった。

ひと月前のあの日以来、母は寡黙《かもく》になった。昼でも自室にいる時は、ベッドに横たわり、じっとしていた。暗くなっても、なかなか明かりを点けようとしない。食事の際には食卓に出てくるのだが、必要最低限のこと以外は喋らなくなった。義彦が話しかけても、和恵が何かを問うても、心ここにあらずといった態《てい》で生返事をするだけで、長い会話にはならない。

中でも異様だったのは、エネルギーを消費していないのに、母の食欲が今までになく増したことだ。育ち盛りの義彦とまったく同じ、いや時としてそれ以上の量を食べるようになった。行動、会話、すべてのことが、総合的に見るとちぐはぐで、どこかの歯車が狂っているのではないか、そんな印象を私は抱いていた。

しかし、和恵の話によれば、リハビリのメニューはいつもと変わらずこなすし、医師の問い掛けにもきちんと答える。

日がな一日部屋に閉じ籠もっていたのでは体に毒だ、散歩に行こうと病院の帰りに和恵が誘うと、素直に応じるという。風呂にも和恵の手を借りて、毎日入る。

そう聞かされると、介護を引き合いに出し、母の言動を諌《いさ》めた私に対しての当て付けのようにも思えた。

母の本当の状態が読めぬまま、悶々とした日々を過ごしてきたのだったが、どうやら余りにも楽観的な観測をしていたらしい。

失禁。しかも、本人が頑として認めないというのは、故意でなければ明らかにボケの兆候だが、とてもその言葉を口にする気にはなれなかった。

「お袋、どうしてる」

私は声を押し殺して訊ねた。

「下着を替えてあげたけど、何も言わないの。ベッドに横になったまま」

「間に合わなかったのと違うのか。恥ずかしくて本当のことを言えずに――」

「それなら、あなたが見て判断してよ。私には、どっちかなんて分からないわ。だいいち、尿瓶が手の届くところに用意してあったのよ。間に合わなかったなんて考えられない」

和恵は取り乱した声を上げた。

今日はもう一つ、会議の予定があったが、あとは部下に任せるしかない。次長を呼び、早退を告げた。理由は話さなかった。「急用が出来て、外出する。今日はそのまま帰らない」とだけ言った。

会社を出て、地下鉄の駅へと向かいながら、私は父のことを思い出していた。手遅れになった肺癌の進行には、決まったパターンがある。原発巣からやがて脳へと転移するのだ。そのステージに達すると、治療方法は放射線照射しかなくなる。ピンポイントで転移巣を狙い撃ちするガンマナイフやXナイフはまだしも、全脳照射を行うと、正常な脳細胞も破壊される。

　父はその治療を行うようになってからは、明らかにボケた。

　虚ろな目。嚙《か》み合わない会話。覚束《おぼつか》ない足取り——。癌の進行と並行して症状は進み、やがて食事、排便も一人ではまったくできなくなってしまった。

　こうしてみると、ここひと月ばかりの母の様子と重なる部分がいくつもある。

　ボケの兆候は随分前からあったのかもしれない。それに気づかなかったのは、母に一人暮らしをさせていたこともあったし、東京に呼び寄せてからも、足がまだ不自由なせいで、一日のほとんどを寝て暮らしていても当たり前だと考えていたからだ。

　人間は必ず老いる。いずれ母も介護の手を必要とする時がくるだろうとは朧《おぼろ》げに考えてはいたが、それが現実となると、何一つとして準備が出来ていないことに私は呆《ぼう》然《ぜん》となった。

12

「唐木さん、診察室にお入りください」

病院の廊下に、アナウンスが流れた。

私は和恵と母を残して診察室のドアを開けた。

病院というのは、患者のプライバシーが厳密に守られなければならない場所であるはずだ。診療科が精神神経科ともなればなおさらのことである。

なのに患者は診察室前の長椅子で順番を待たされ、隔《へだ》てるものは上部ががら空きになったパネルの壁だけだ。

「失礼いたします」

私は声を落とし、医師に頭を下げた。

「お掛けください……」

五十代半ばといったところか。壮年の医師がちらりとこちらを見て、椅子を勧めた。シャウカステンには母の頭の断層写真が青白い光の中に浮かび上がっている。

「やはり年齢からくる老人性の認知症ですね。脳の断層撮影や血管撮影の所見では、目立った異状は認められませんが、口頭で行ったテストの結果と、日頃の生活のお話をうかがう限りでは、そう判断するのが妥当だと思います」

口頭でのテストの結果というのは、先に和恵の立ち会いのもとで行われたもののことだ。

「ここはどこですか」から始まって、今日の日付、三つの数字を逆に言う、あるいは机の上のものを記憶させる。

聞く範囲では単純なテストだが、和恵は健常者でもうっかりすると答えられないものも少なくないのだと言った。

「先生、そのテストですが、立ち会った家内でも結構難しいものだそうですね」

「まあ、そうおっしゃる方が少なからずいることは確かですが、認識能力を測るテストとして、質問内容は確立されたものです。お母さんの場合は、三十点満点の二十一点。二十点以下が認知症の疑いですから、極めてその域に近いといえるでしょう」

「脳に異常がなくても、認知症になるということがありえるのですか」

「認知症の判定というのは難しいものでしてね、断層撮影などの結果、はっきりとした異常が認められれば、特定の病名が付けられます。医学的に認知症というのは、知能、記憶、見当識、人格障害などを伴った症候群として捉えるものとご理解ください」

「年齢からくるものだということは、症状が好転することはないのですか」

「残念ながら、原因が分からないものに対して、科学的な治療を施《ほどこ》すことはできません。もちろん症状を軽減させる、あるいは遅らせることができないわけではありません。散歩や外部との接触を規則的に持たせることによって、刺激を与えるのも効果があると言われていますが、症状の進行は患者さんによって違いますから、一口では言えないのが正直なところです」

「いずれにしても、家族の協力が必要だということですね」

私は当たり前の質問をした。

「そうですね……」医師はすっと視線を落とすと言った。「一般論で申し上げますと、介護というのは、する側にとって大変な労力と忍耐が必要になるものです。認知症になった患者さんが健康であった時のイメージが、どうしても頭の中にありますからね。それまで誰の手を煩わせることのなかった日常のささいなことでも、できなくなる。意思の疎通も欠いてしまう。うっかり目を離すこともできない……」

医師の発する一言一句が胸に突き刺さる。

所見を説明し終えれば、早々に話を終わらせることもできるのだろうが、誠実さの表れなのか、医師に打ち切る気配はない。

「職業柄、こうした症状の方々に日々接していますとね、人間はある年齢に達すると、その時点を境に、今まで歩んできた道を逆に辿り始めるのではないかと思うことがあります。目も見えない、話もできない、親の世話なくしては生きることもできない乳児から、徐々に知恵を付け、大人へと成長する。老いると今度は知力や生活能力が低下し始め、誰かの助けを受けながら人生の終わりを迎えるものなんだとね」

なるほど、そう言われてみればそのとおりかもしれないと思った。

母の乳を貰い、オシメを替えてもらいながら育った乳児の記憶などありはしないが、子供が親の力なくして育たないものだということは、義彦の育児で思い知らされている。

老いればまた人間は子供へ、そして乳児そのものへと変わり、やがて消える。自分の力では生きられなくなった親の面倒を見ながら、最期の時を迎えさせてやるのが子の務めと言われればそのとおりだろう。元気な時を知っているから、介護を負担に感じるのも、もっともなことである。

しかし、面倒を見る側にしてみれば、育児に当たる年齢は、大抵の場合若く体力もある。子供が成長していく喜びもあるだろうし、何よりも年を経れば手がかからなくなる、という目処がある。

その点、介護は別である。

「しかし、現実的な問題として、介護とは言いましても、ウチは人手がなくて……。今まで母には田舎で一人暮らしをさせてまいりましたし、あのとおり足の怪我も快復しておりません。私は会社がありますし、世話をできるとしたら、家内くらいがせいぜいで……」

「一度、区の方にご相談なさったらいかがですか。要介護認定申請を行えば、お母様の状態だと、〈要介護2〉に相当すると認定されるでしょうから、多少ですがご負担は軽くなると思います。これも育児と同じです。家庭の状況に合わせて、外部の力を借りた方がいいでしょうね。あまり最初から完璧《かんぺき》を求めず、人に頼れる部分は割り切らないと、介護する方が倒れてしまったのでは、元も子もありませんよ」

診察室を出ると、長椅子に腰を下ろしていた和恵が目を向けてくる。車椅子に座った母の目は、どこか虚ろである。

「聞こえたか」

私の問い掛けに、和恵が頷く。どこまで人の会話を解するか分からないとはいえ、母を前にして、これからのことを話し合うのは気が引けた。

おそらく同じ気持ちであったのだろう、和恵は車椅子を押しながら玄関へと向かう。

土曜日の病院は、間もなく昼になろうとしているのに、患者でごった返している。

医師は経過観察のために、二週間に一度、来院するよう告げた。

週三度のリハビリに、さらにもう一度病院に来ることになれば、和恵の負担はさらに増す。動きがままならぬとはいえ、長時間母を家に置いたままにはできない。事実上和恵が自由になる時間は皆無に等しい。

和恵は帰りの車中でも何も言わなかった。これからのことを考えると、私は暗澹《あんたん》たる気持ちに襲われた。今日、病院に付き添ってこられたのは、土曜日の休みを利用してのことだったが、商談が大詰めを迎えるこれから数カ月は、今までにも増して多忙になる。

もちろん、医師が言った介護支援のことはすでに調べてあった。

介護老人保健施設、グループホームはウエイティングがいっぱい。

在宅となると、デイサービス、デイケア——。症状によって支援を受けられるサービスは幾つかあるが、いずれも昼間に限られている。もちろん、老人介護専門の病院もある。しかし、こちらも安価な部屋は常にいっぱい。都内で個室となれば、介護保険を使っても、差額ベッド代、食費諸々《もろもろ》月額四十万円前後の負担を強いられる。サラリーマンとしては、高額な所得を得ているとはいえ、それだけの負担には耐えられない。まして、介護生活はいつまで続くか分からないのだ。当面、和恵が中心になって、母の介護に当たらなければならないのは、状況から見て避けられない。

家に帰り、母をベッドに寝かせたところで、和恵が茶を淹《い》れた。夫婦二人で向き合ってお茶を飲むのは、いつ以来のことか。本来ならば、ゆったりとした時間が流れるのだろうが、漂う空気は重苦しい。

「どうしたもんかな。月曜にでも区に要介護認定の申請を出すとしても、やはり当面は俺たちがお袋の面倒を見なければならないわけだが、俺はこれから先、しばらくは出張が続く。君一人に介護を任せ切りにしたのでは、負担が大き過ぎる。やはり自治体や民間の介護サービスをうまく使わないとやっていけないだろうね」

「そうするしかないわね。本当は、終身型完全介護の施設に入れればこちらは安心なんでしょうけど、お義母さんが寂しい思いをするでしょうし、だいいちお金が大変だもの。症状が改善した時点で、デイケア、デイサービスを使って昼間はそちらで過ごしてもらえば、家の方は何とかなると思うわ。要介護に認定されれば、介護保険が適用されるから、負担も一割で済むし……」

和恵は立ち上がると、リビングの傍らにある机の中から、一枚のパンフレットを取り出した。

「デイサービスの時間は午前十時から午後四時まで。その間に入浴もさせてくれるし、これなら幼稚園に子供を行かせているのと同じことだから、用事もできないわけじゃないわ」

小綺麗なパンフレットを開いた。

内心では厄介事を抱えてしまったと思っているだろうが、少なくとも介護に前向きな姿勢を示してくれることに、頭が下がる思いがする。

「でも、こんなことを言ったら不謹慎かもしれないけれど、こうなってみると、お義母さんが一人で歩き回ることができないのが救いだわ」

和恵の物騒な言葉に私はぎょっとして、

「どういう意味だ」

と問うた。

「ほら、よく言うじゃない。認知症になると徘徊《はいかい》が始まるって。足の怪我がまだ完治していないせいで、ベッドに寝たきりだけど、これで徘徊でもされようものなら、夜だっておちおち寝ていられないでしょ」

「まあ……そうかな……」

私は複雑な思いで言葉を濁した。

和恵の言わんとしていることは理解できた。内心では確かに和恵の言うとおりだと思った。

深夜に起き出して徘徊される、あるいは台所に立って火でも使われれば、どんな事故が起きるか分からない。それを考えれば、車椅子なしでは動きが取れない今の状況は、母を寝かしつけてしまえばそれで済む。しかし、その一方で、一人暮らしをさせた挙句に骨折という事態を招き、それが認知症の引き金になったのではないかという思いも拭《ぬぐ》い去れない。

私は温《ぬる》くなったお茶に口をつける。

「ねえ、あなた」

和恵が改まった口調で言う。

「なんだ」

「信吾さんには、お義母さんのこと、知らせたの？」

弟には母を東京に呼び寄せたことは知らせてあったが、認知症が始まったことはまだ話してはいなかった。

少ない収入の中で、子供を私立高校に行かせているのだ。しかも来年は大学受験である。かなり優秀で、自宅から通学可能な首都圏の国立大学を受験させるとは聞いていたが、一校しか受験しないということはあるまい。

複数校の受験料に加えて入学金、授業料を捻出するのは信吾の経済状況からして、決して楽ではないはずだ。母の容体を話したところで、彼の心の負担を重くするだけである。それに本音では、日々の暮らしが精一杯の弟一家は戦力になりえないと、端《はな》から見切っていたこともある。

「余計な心配をかけるだけだからな。お袋が認知症になったことは話していない」

「こんな状況ですもの。信吾さんは無理にしても、留美子さんの手を借りられないかしら」

「留美子さんに？　それはどうかな」

「どうして」

「あいつの家は、上の子が来年受験だ。何かと物入りで、今のうちに金を貯め込んでおかないとならないだろ。留美子さんもパートに出てるっていうし」

「パートっていっても、休みがないわけじゃないでしょ。週に一日でもこちらに来て、お義母さんの介護をしてくれると、随分助かるんだけど」

「仮に留美子さんがＯＫしてくれて介護に来ることになったら、お前が留守の間に、お袋の面倒も見れば、台所に立つことだってあるだろ。いかに身内だと言っても、平気なのか。家の中を自由に歩き回られて。それに千葉から出てくんのだって大変だぜ」

「留美子さんだって、唐木家の嫁じゃない。お義母さんがこんな状態になったんですもの、一緒になって介護をしてくれて当然でしょ。何もお義母さんをあちらに行かせて面倒を見ろって言ってるんじゃないのよ。週に一日でいいから、こちらに来て介護してほしいだけなの。これからいつまで続くか分からないお世話を、私一人でするのは無理よ。私も覚悟は決めているつもりだけど、自由になる日が、週に一日くらいあってもいいでしょ」

和恵はいつになく強硬である。

外で働き、家族の生活の糧《かて》を稼いでくるのが私の役目なら、家を守るのがお前の仕事だと言ってしまいたい気持ちは山々だったが、自分の母親に関することである。しかも介護という難事をこれから乗り越えていくには和恵の力なくしては不可能だ。その本人から言われてしまうと、私に返す言葉はなかった。

「分かった。向こうにも事情はあるだろうが、話すだけ話してみよう」

私は苦いものを噛み締めるように、低い声で言った。

13

店は仕事を終えたサラリーマンで混み合っていた。注文を受けた店員の威勢のいい声が酔客のざわめきに混じって行き交う。

どこの繁華街にも看板を掲げている居酒屋である。こんな騒々しい店で、深刻な話をするのは場違いという気もするが、今夜は美味《うま》い肴《さかな》をあてに酒を楽しむつもりはない。それに場所を指定してきたのは弟である。

私はグラスに満たされたビールを傾けながら、信吾が来るのを待った。

時刻は約束の八時半になろうとしていた。

考えてみると、信吾と会うのは彼の子供の雅之《まさゆき》が中学に入学した際に、お祝いをして以来だから五年ぶりになる。

兄弟とはいえ、それぞれが家庭を持てば、疎遠になるのはどこの家も同じかもしれないが、少なくとも私たちにはもう一つの理由があったように思える。

役者を志した時から、彼が経済的に困窮するのは分かっていたことだ。

私にすれば、頼られても困る。信吾にしてみれば頼るに頼れない。

お互い口には出さぬものの、そんな気持ちを抱いていたからに違いない。

「やあ……」

信吾は約束の時間を五分ほど過ぎたところで現れた。耳が半分隠れるほどに伸びた頭髪には脂《あぶら》が浮いて、濡れたように鈍い光を放っている。薄汚れ、しわくちゃになったシャツ。強張《こわば》ったジーンズ。一見して弟の生活ぶりが分かるようだった。

「久しぶりだな。元気でやってんのか」

「まあ、何とか……」

当たり障りのない挨拶も、声に覇気がない。信吾は正面の席に腰を下ろすと、ビールを注文した。

荒《すさ》んだ雰囲気が漂ってくるのは、服装のせいばかりではない。落ちくぼんだ眼窩《がんか》。こけた頬。信吾の体からは一向に改善されない生活の臭いがした。

「雅之は元気なのか」

「ああ……。もっともこのところまともに話をしてないけどね」弟は寂しく笑う。

「何しろ帰るのは真夜中だ。その頃には誰も起きちゃいないし、起きた頃にはみんな家を出ちまってるんだからさ」

「学校の方はどうなんだ。うまくやってんのか」

「成績はいいみたいだね」

「ほう。あの高校でなら立派なもんじゃないか」

「いいんだか悪いんだか……。いっそ東大にでも行ってくれるんなら助かるんだけどね。この上私立に行かれたんじゃ、学費が払い切れない」

「それほど優秀なら、地方の国立だっていいんじゃないのか。生活費はかかるだろうが、私立にやるより安いだろ」

「意味ないね。地方でも生活費を授業料に上乗せすりゃ、東京の私立にやるより高くついちゃうよ」信吾はそこでビールに口をつけ、「いずれにしても頭の痛いことに変わりないね」

苦い顔をして煙草《たばこ》をふかした。

「そんな話を聞かされたところで話すのも何なんだが……」

私は本題を切り出した。

「お袋、どうなの」

信吾は視線を落とす。

「正直言って、あまり芳《かんば》しくないね。認知症が始まってさ」

「えっ、本当に……、酷いの」

「骨折がまだ治ってなくて歩けないから、リハビリに行く時以外は寝たきりなんだが、小便を漏らしたりするもんで、おむつを当てている」

「お袋、よく言ってたよな。下の世話を頼むようになってまで長生きしたくねえってさ。他の年寄りがそうなっちまうのを見ると、いつも言ってた……」

「しょうがないさ。誰だってそう願ってるだろうけど、思いどおりにいかないのが人の一生だ。今思うと、骨を折ったのがよくなかったんだな。会社の人に言われたよ。年寄りが骨を折るってのは、気が折れるってことだってさ。それを思うと、田舎に一人で住まわせてた俺にも責任はある」

私は上司の桑田の言葉を思い出しながら言った。

「俺にもじゃなくて、俺たちにだろ」信吾は目を細めながら煙草を擦りつけた。「分かってんだよ。今日なんで兄さんが俺を呼び出したのか……。酷い話だよな。オヤジが生きていた頃から親の面倒は兄さんに任せ切り。社会に出て、四半世紀近くになるってのに、一度たりとも仕送りなんかしたこともない。それどころか店の開業資金まで出させたのに、お袋が怪我をしても、認知症になったって聞いても見舞いにも行けねえ。こんな親不孝者はいないよ。どんなに責められても返す言葉がないよ」

「責めるつもりはないさ。面倒を見られる方が見ればいいんだ。古いかもしれないけど、やっぱり親の面倒を見るのは、長男の役割だとも思ってるしな」

「だけど、大変なんだろ。認知症の年寄りの面倒を見るのって」

信吾は目を上げると、力ない声で訊ねてきた。

「かなり……ね。認知症が始まったっていっても、足のリハビリは続けなきゃならないから週に三回は病院通いだ。週末もおちおち家も空けられない。俺はウィークデーは仕事があるから、直接介護するわけじゃないが、週末に散歩に連れていくだけでも大変だ。別に暴れ出したり、叫んだりするわけじゃない。車椅子を押して、公園を散歩するだけなんだが、お袋の元気な時を知ってる分だけ切なくなってな。ましてや毎日介護に当たってる和恵は、もっと大変だと思うよ」

「だろうな……。和恵さんは介護の傍ら、家の用事もしなきゃならないもんな。義彦君だって、まだ中学だしな」

「実は、お前に相談したいのは、そのことなんだよ」私は信吾の目を見つめた。「このまま和恵一人に介護を任せていたんじゃ、そのうちあいつがダウンしちまうのは目に見えている。介護は、この先どれくらい続くのか見当もつかない。和恵に倒れられたらアウトだ。そこで、留美子さんに週二回程度でいいから、手伝ってもらえないかと思ってさ」

私は一気に告げた。

信吾は再び視線を落とし、汗をかいたグラスを見つめた。

「もっともだよな。四六時中、認知症になった人間の面倒を見るのは大変だよな」彼の口が歪み、溜息が漏れる。「だけどさ、二日どころか、一日も都合がつかないんだよ……」

「どうして？　留美子さん、パートしてるって言ってたけど、休みあるんだろ」

「スーパーのレジだからな。休みっていやあ、元日の一日くらいでね。あとはほとんど休みなし。毎日出勤だ」

「そうか――」

「俺の年収を知ってるかい」

信吾はビールをぐいと傾け、自らを哀れむような薄ら笑いを浮かべた。私は思わず目を逸《そ》らした。

「たった三百万円しかないんだよ」

「えっ……」

「雅之の学費や定期代だけで、年間百万近くかかる。それでも何とかやっていけるのは、留美子がパートに出てるからだ。もっとも時給八百円かそこらだ。年間二百万がせいぜい。合わせて五百万。もちろん税込みだ。それで雅之を私立にやって、税金と家賃を払い、飯を食ったら一円も残りゃしないよ」

「学費を払ったら、手元に残るのは月に三十万もないだろう。そっから家賃を払って、飯食っていけるのか」

「お袋が米や野菜を送ってくれてたからね。おかずは留美子がスーパーの見切り品を安く分けてもらえるし、俺は店の余りで済ませることができる。それで何とか……」

「お袋、そんなことしてたのか？　いつからだ」

「結婚して以来、ずっと……。こんなことを言うと、兄さんは面白くないかもしれないけど、実は雅之の中学、高校の入学金もお袋が払ってくれたんだ……」

実家の勝手口に山となった野菜。家の中にところ狭しと置かれた食材。母が家を離れるに当たって、よくもこんなに溜め込んだものだと心の中で毒づきながら処分した品々は、すべてとは言わないまでも、弟一家の貴重な生活の糧となっていたのだ。

母は贅沢な暮らしはしていなかった。

倹約に努め、質素であることを心がけていた。

おそらく、それも孫が大学に進学するための学費の備えであったのだろう。二人の子供に迷惑をかけまいと田舎の家で暮らしながら、子を案じ、孫を案ずる母の気持ちが胸を打った。

「知らなかったな……」

私は低く唸《うな》った。

「まったく面目ないよ。本当は仕送りの一つもしなけりゃなんねえんだけど、この歳になっても、親がかりから抜け出せない。お袋だって、夫婦二人なら勝手にやれってなもんだろうけど、孫のことを考えると放ってはおけないらしいんだ」

「しかし、お袋がこうなってしまうと、もう援助物資は届かないぞ。大丈夫なのか」

まったく予想だにしなかった事実を聞かされると、今度はこちらが心配になってくる。

「何とかするしかないさ」信吾は寂しく笑うと、「だけど、留美子を手伝いに出すとちょっと……。たかが週一回の休みって言っても、月四回だと二万、三万の金が飛ぶ。大学の入学費用は、自分たちで捻出しなくちゃって留美子とも話していたところだし。情けない話だけど、一万、二万が今のウチにとっては大事な収入なんだ」

どうやら、信吾のところは介護の戦力に到底なりそうにない。

「分かった……」

私は思わず深い溜息を漏らしながら言った。

「本当に悪い……。今まで世話をかけた分、ウチでお袋の面倒を見るのが筋なんだろうけど、今の俺にはそんな余力はないんだ……」

信吾は消え入りそうな声で、下を向いた。

ビールがことのほか苦く感じられる。

認知症が始まった母の症状が好転することは、まずありえないだろう。時間の経過と共に、むしろ症状は進行すると考えておいて間違いはない。介護に要する時間も、労力も徐々にきつくなる。どんな厳しい労働にも休日はあるが、それでも度を越した労働の結果、命を落とす人間もいる。それを考えれば一年三百六十五日、一日たりとも気を抜けない介護は、どんな仕事よりも過酷な労働と言えるだろう。

はたして、和恵は大丈夫だろうか。終わりの見えない労働に、いつまで耐えられるのだろうか。

私は込み上げる不安を胸に押し戻そうと、また一口、温くなったビールを喉に流し込んだ。

14

「おう、久しぶりだな。どうだ、たまには一杯やらんか」

東南アジア事業部の部長をしている芝草大介に声を掛けられたのは、ニューヨークとの電話会議を終え、家路につこうとした時のことである。

同じ国際事業本部に所属し、席が目と鼻の先にあっても、お互い足繁く海外を飛び回る身の上である。抱えている商談の進捗《しんちょく》状況次第では、月に一度のマネージメント会議に出席するのもままならない。考えてみれば芝草とはこのところ、まともに言葉を交わした記憶はない。

「そうだな……」

一瞬和恵のことが脳裏に浮かんだ。

「信吾のところは無理だ」

信吾との話の経緯を聞かせる前に、いきなり結論を告げた私に向かって、「そう、やっぱりね……」と深い溜息を漏らしたものの、和恵はそれ以上何も言わなかった。

どうやら、信吾のところが戦力になると、端から期待していなかったらしい。

ならば最初から言わずとも……と思ったが、全面的に介護を引き受けざるをえなくなった和恵の心情を思えば、義妹が戦力にならないかと口にしたくなる気持ちも分からないではない。

あれから三週間。和恵は淡々と母の介護をこなしている。症状に劇的な変化があるわけでもなく、和恵なりに日々のペースが出来つつあるようでもあった。

しかし、家に帰ればどこかに漂う沈鬱な空気、母の介護を和恵任せにしている疚しさに苛《さいな》まれる。

勝手な話だが、私にとっては仕事に没頭している間だけが、重い現実から解放される唯一の時間となっていた。

「迷ってるってことは、特に予定はないんだろ。こんな機会は滅多にあるもんじゃない。付き合えよ」

同期の気安さからか、芝草は再び誘いの言葉を投げ掛ける。

「軽くなら……」

「よし。じゃあ、銀座へ出よう。クアラルンプールから帰ってきたばかりだ。美味い鮨《すし》でも摘《つま》もうや」

芝草は言うが早いか、先に立って歩き始めた。

「帰国早々鮨か。海外回りも昨日今日始まったばかりじゃあるまいし。それにこのところ東南アジアも鮨ブームで、かなりまともなものが食えるっていうじゃないか」

タクシーに乗ったところで私は訊ねた。

「そう言うな。確かに一昔前に比べりゃ、格段に食い物のレベルが上がったことは事実だが、飯の上に刺身をのっけりゃいいってもんじゃねえ。似て非なるものを口にしてると、かえって本物が欲しくなるもんだ。アメリカだってそうだろが」

「かもな」

私は苦笑しながら答えた。

「それに、美味い鮨を食えるのも、そう長くはないかもしれねえぞ。何しろ海外の鮨ブームは凄いからな。そこにもってきて今度は中国だ。大都市や沿岸地域から内陸部へと生魚を食う習慣が進んだら、海産物の資源は石油なんかより先に枯渇しちまうぜ。日本の漁業は後継者がいなくて先細るだけだ。せいぜい今のうちにたらふく食っておくことだ」

芝草は、まんざら冗談ともいえぬ口調で言った。

丸の内から銀座までは、僅かの時間だ。馴染《なじ》みの鮨屋のカウンターに並んで座り、ビールで喉を潤《うるお》したところで、

「ところで、どうだ、新工場の方は」

芝草が切り出してきた。

「工場の方は順調にいってるんだが、販売計画が大詰めにきて、定まらなくて往生してる。大手量販と基本契約を結べたところまではよかったんだが、販売台数のコミットメントに妥協点を見いだせなくてな。向こうは、確約台数は少なく、仕入れ値は安くしようと脅しすかし。まあいつものチキンレースだ」

「チキンレースか」芝草は苦笑いを浮かべる。「考えてみりゃ、俺たち、入社以来そんな仕事の繰り返しだな。まるでポーカーを延々とやってるようなもんだよな」

「まったく懲《こ》りずによくもここまでやってきたもんだ。東南アジアの商売も大変だろ。韓国・中国勢の台頭は著《いちじる》しいし、アメリカと違って、いろいろ裏で手を回さなきゃならないこともあるんだろ」

「まっ、国によってはな。商売も一筋縄じゃいかないさ。だけど、そうしたことが幸いすることもある」

芝草は宙に視線を泳がしながらグラスを傾け、苦いものを飲み干すように口元を歪めた。

「どういう意味だ」

私は理由が分からず訊ねた。

「打つべきところに手を打てば、ネゴといっても形ばかりのことで、あとは黙っていても転がっていく部分があるってことさ。実際、そうでもなかったら、向こうと日本を行ったり来たりで、おちおち親の看病なんかしていられなかっただろうな」

「そういえば、お袋さん、亡くなったんだったな」

一親等以内の身内の不幸は、回章という形で社員に知らされることになっている。その場合、葬儀の会場が近辺ならば部員が弔問に出向く。地方であっても上司が焼香するのが会社の慣習であったが、仕事の性質上、日本を離れている場合には、その事実を知るのはずっと遅くなってしまう。

そんなこともあって、芝草にはまだ、弔意を述べていなかったことを私は思い出した。

「肝臓癌でさ。発見された時には、手遅れで半年と言われていたんだが、それでも一年もった……」

「そんなに前から悪かったのか。ちっとも知らなかった」

「五年前に死んだ親父も癌でさ、その時にはお袋もまだ元気だったし、看病は任せきりになっちまったんだが、ウチは男兄弟三人全員が東京に出ちまってるもんだから、今度ばかりはそうはいかない。それで癌だと分かった時点で、お袋を富山から東京の病院に移したんだ」

「大変だっただろ、看病」

私の父親も癌で亡くなったのだ。ましてや認知症になった母親を持つ身である。芝草の話はとても他人事とは思えない。

私はグラスを置いて訊ねた。

「そりゃあな……。完全看護とはいってもも三家族が入れ替わり立ち替わりして看病に当たったさ。まったく癌てやつは嫌な病気だ。今じゃ早期発見なら恐るるに足らずとは言うが、手遅れになれば結末は見えている。化学療法でいっときは持ち直しても、治癒《ちゆ》するもんじゃない。確実に癌は勢いを取り戻す。そっから先は、瘦《や》せ衰えて死んでいくのを見守るしかないんだからな。やりきれんよ」

「死に目にはあえたのか」

「ああ、何とかね」芝草は頷くと、「それがせめてもの救いかな。こんな仕事をしてりゃ、海外に出ている間に危篤の知らせを受けたって、そう簡単に商談を放り投げて帰ってくるわけにはいかない。出張前に病室で寝ているお袋の顔を見るたびに、これが最後になるかもしれないと、覚悟して出掛けたさ。もっとも、そんな気になったのは、余命と言われた半年が過ぎてからのことだ。だいたい医者っていうのは、宣告した余命より先に死なれたらヤブとでも思われると考えているのか、実際の見通しより短く告げるもんだからな」

グラスを傾けながら薄く笑った。

「じゃあ、家族全員で見守りながら、最期を見送ってやれたんだね」

「ああ」芝草はそこで小さく息を吐くと、「だがな、お袋が死んだ後になってふと考えたんだが、最期を看取ってやれた俺たち家族にとっては、悔いのない看病をしたと思っていても、はたしてお袋はどうだったのかなって……」

重い口調で言った。

「どういうことだ」

「子供三人が東京に出ちまってるせいで、親父が死んでからはずっと一人暮らしを続けてきたんだ。日頃の生活の中では、家族以上に世話をし、世話になりながら付き合ってきた人も大勢いたろうさ。だけど東京に連れてきてからは、周りに誰一人として家族以外の知人はいない。死ぬのを待つばかりとなった時に、もう一度会いたい、別れを告げたい、世話になった礼を言いたいと思う人もたくさんいたろうさ。世間話でもいい、元気な頃に茶飲み話をするような気軽さで、気を紛らわしたいと思ったんじゃないか。そう考えると、仕方がないとはいえ、俺たちの都合で東京に連れてきてしまったことが、何だか申し訳ない気持ちになったりもするんだな」

「そんなことを考えていたら切りがないよ。そもそも死を迎える当事者にしても、送る側にとっても、納得のいく死なんてありはしないんじゃないか。残る者は生きていくために守らなければならないものがある。絶対に崩せない生活環境がある。その中でどう最善を尽くすか。それが肝心なんじゃないのかな。いや、そうとでも考えなきゃ、人の死、肉親の死なんて看取れるものじゃないよ」

芝草に言ったつもりはなかった。私自身に言い聞かせたのだ。

母の認知症が避けられないものであったにしても、友人も知人もいない東京に呼び寄せたことが、症状の進行を速めてしまったのではないか。もし、田舎の病院で、日頃から親しくしていた人たちに囲まれながら、日々を過ごすことができたのなら、もっと充実した生活を送ることができたのではないか。

芝草の言葉が、私の心の片隅で小さく、そして冷たい熱を放ち、今の私が最も触れられたくない部分に突き刺さった気がした。

「悪かったな、せっかく久しぶりに飲むってのに、湿っぽい話になっちまった」

芝草は、気を取り直したように、声のトーンを上げる。

一瞬、私は母の介護という問題を抱えた今の状況を、胸襟《きょうきん》を開いて芝草と語り合いたい誘惑に駆られたが、すんでのところで言葉を呑み込んだ。

親の介護はこの年齢になれば、程度の違いこそあれ必ずや直面する問題である。認知症になった親の面倒を見ていることを知られたからといって、どうということはないのだが、人間の情と組織の論理には大きな乖離《かいり》がある。

介護にかかわらず、家庭内の問題が仕事に影響を及ぼさない限り、一切関知しないのが組織だ。しかし、ひとたび問題が仕事に支障をきたすような形で現れれば、決して見逃しはしない。

一度や二度の早退、あるいは年休の取得は許されても、度重なれば不安を抱かれ、やがて戦力とは見なされなくなる。事情を理解するということと、状況を許すのは別物なのだ。いつ仕事に穴を開けるか分からない人間は絶対に放置しない。

一年もの間、癌に冒された母親がいたことを、芝草が今になって打ち明けたのは、もはや心配が過去のものとなってしまったからだ。だからこそ、母親の最期に思いを馳《は》せ、介護への悔いを感傷的な言葉で言い表すことができるのだ。

癌――。

あの病の忌《い》まわしさは、肺癌に罹《かか》った父を看取った身にはよく分かる。

余命の宣告は死へのカウントダウンの始まりであり、それからの治療はすべて対症療法に過ぎない。愛する者の命が消え入るのを、何の手立てもないまま見守るしかない時に覚える焦燥、絶望、そしてやるせなさ。現代医学に不信を抱き、一縷《いちる》の望みを託して民間療法へと走る。そして、それもほぼ百%の確率で徒労に終わる。

日いちにちと体内で増殖を続ける癌細胞に肉体は冒されていき、たいていの場合激しい苦痛が付きまとう。人生の最期を迎えるのに、何ゆえこれほどのむごい仕打ちを与えるのかと、神を呪いたくなる。

しかし、そうした地獄を目の当《ま》たりにしながらも、何とか耐えて看病できるのも、終わりが見えているからだ。

医師が三カ月と言えば半年。半年と言えば一年。せいぜいがその程度の我慢だ。時がくればすべては終わる。だからこそ、介護に当たる人間も、全力を尽くし、悔いの残らぬようにと精力を傾けることができるのではないか。

その点認知症は違う。ゴールの見えないマラソンだ。耐久レースだ。終焉《しゅうえん》の時がやってくるまで、決して手を緩めることはできない。リタイアすることは許されないのだ。

芝草はレースを終えた身だ。そして私はレースの真《ま》っ只中《ただなか》にいる。ましてや芝草とは次期役員の椅子を争う間柄でもある。介護を要する母を抱えていることを、迂闊《うかつ》に喋るわけにはいかない。

「いや、いいんだ。俺たちもこんな話をする歳になったってことだ。他人事じゃないからな」

私は歯切れの悪い口調で言葉を返すと、グラスのビールを一息に空けた。

「そういえば、本部長から聞いたんだが、お袋さん、大変だったんだってな？」

ふと思い出したように芝草が訊ねてきた。

「ああ、この冬にね。幸い大事には至らなくて済んだが、今度何かあったら取り返しのつかないことになる。そろそろ東京に呼ぼうかと考えている」

私は箸《はし》を取りながら、嘘を言った。

15

携帯電話が鳴ったのは、午後三時になろうかというあたりのことだ。番号表示に、見慣れぬ数字が並ぶ。

「唐木さんの携帯でしょうか」

聞き覚えのない女性の声が訊ねてきた。

「武蔵野新風苑《むさしのしんぷうえん》の時田《ときた》と申しますが、先ほど奥様が頭痛を訴えて、お倒れになりましてね」

「そうですが」

時田という女性は切迫した声で一気に告げる。

武蔵野新風苑というのは、最近母が週二度ディサービスに通っている施設である。

「家内が？　それで、どうなったんです」

「痛みがあまりに激しいようでしたので、救急車を呼んで病院に搬送したんですが——」

「救急車で病院に？　どこです。どこの病院ですか」

「東都《とうと》医大の救急医療センターです」

「容体はどうなんですか。単に頭痛を訴えているだけなんですか」

私は矢継ぎ早に訊ねた。

「意識はあるんですが、激しい痛みを訴えるだけでして……」

相手は困惑した声で答える。

「分かりました。東都医大は吉祥寺《きちじょうじ》でしたね。すぐに向かいます。お手数をお掛けしました」

倒れるほどの激しい頭痛に突然見舞われたとなると、尋常なことではない。とにかく、一刻も早く病院に向かわなければならない。私は礼を言い、電話を切った。

「勝浦君、ちょっと家の方で急な用事が出来てね。六時からの会議には出られなくなってしまった。今日は会社に戻れない。すまんが君、よろしく頼むよ」

私は上着を手にしながら、課長の勝浦に声を掛けた。

「はあ……」

勝浦は何か訊ねたそうな顔をしていたが、私はそれを無視してオフィスを後にした。

丸の内から吉祥寺までなら、中央線が一番早い。

私は会社の前でタクシーを拾うと、東京駅へと向かった。

短い距離を走る間にも、様々な思いが脳裏を過る。もちろん真っ先に思いが行き着く先は和恵の容体なのだが、考えはすぐに母の介護、そして仕事へと繋がる。

今、和恵に倒れられたら、母の介護はどうなるのだろう。リハビリもデイサービスも、これまで何とかこなしてこられたのは、和恵の働きがあればこそのことだ。もし、長く床に臥《ふ》す、あるいは通院を余儀なくされるようなことにでもなれば、これまでのように私が仕事に専念するのは困難になってしまう。

やむをえない事情だとはいえ、それではこれまでこのプロジェクトをものにせんと、苦楽を共にしてきたチームの面々に合わせる顔がない。いや、それだけでは済まない。万が一にも職務に支障をきたし、「受注失敗」「目標未達」ということにでもなれば、会社に多大な損失を与えることになる。

そんなことになれば、私は——。

東京駅が見え始めた頃、再び携帯電話が鳴った。

「唐木和恵さんのご主人でいらっしゃいますね」

冷静な声の陰に緊張感が漂っている。「はい」と返事をするが、緊張のせいで掠《かす》れた。

「私、東都医大救急医療センターの医師で相馬《そうま》といいます。先ほど搬送されてきた奥さんの容体なんですが、くも膜下出血を起こしておりましてね。緊急手術が必要なんです。本来でしたら、手術承諾書にサインをいただかなければならないのですが、一刻を争う事態です。この場で了解をいただけますでしょうか」

「くも膜下出血」「緊急手術」。重い宣告が耳朶を打つ。

まったく予期せぬ事態に頭が空白になって定かではないのだが、「お願いします

――」。たぶんそういった答えをしたのだと思う。一刻を争うと言われては、他に返事のしようなどあるわけがない。

気がつくと、私は回線の切れた電話を呆然と耳に押し当てていた。

吉祥寺駅に着くと、タクシーを拾って病院へ向かった。

救急外来を訪ね、看護師に名を告げた。すぐに処置室の奥から一人の医師が現れた。

「唐木和恵さんのご主人ですか？」

かなりの激務なのだろう、髪はばさついているのに顔にはうっすらと脂が浮いている。疲労のほどが窺えるが、まだ四十代前半といったところか。盛りを迎えた医師らしい落ち着きのある声で訊ねてきた。

「はい」

「先ほど電話をした相馬です」

「先生、家内の容体は」

「ＣＴの画像では、右側頭部、耳の上のちょうどこの辺りに、量はさほど多くありませんが出血が認められました。この病気は二十四時間以内に再出血を起こすことが多いんです。もちろん繰り返すほどに症状は悪化し、生存率も低くなりますから、一刻も早く外科的治療を行わなければなりません。それで、電話で手術の承諾をいただいたわけです」

相馬は淡々とした口調で言った。

「手術はもう始まっているんですね」

「ええ、承諾をいただいてすぐに脳外科の医師が」

「まさか、死ぬようなことは……」

「CTで診た限りにおいては、それほど酷い出血は認められませんでしたし、意識もあり、神経麻痺も起こしてはいません。ご心配のようなことは、まず起こらないと思いますが」

とりあえず命に別状はなさそうである。となると次に気掛かりになるのは後遺症だ。何しろ発症場所が場所だ。何かしらの障害が残る可能性は皆無とは言えまい。

私の問い掛けに相馬は、

「それは予後を診てみないと分かりません。後遺症がなく、今までどおりの生活を送る方もいれば、そうじゃない方もいます」

真摯《しんし》な眼差《まなざ》しを向けながら言った。

「まさか、家内がこんなことになるとは……脳ドックの検査を受けさせておけばよかった……」

今さら悔いても遅いのだが、私は途方に暮れる思いで呟いた。

「脳動脈に腫瘤《しゅりゅう》があったのなら脳ドックの検査で事前に分かったでしょうが、奥さんの場合は、出血の範囲からして脳動脈瘤の破裂じゃありませんね。事前に検査をしていても、分かったかどうかは疑問ですね」

「突然血管が破裂するなんてことがあるんですか」

「発症の経緯は様々ですからね。遺伝的要因もありますし、飲酒、喫煙、高血圧、それにストレスも危険因子と言われています」

「ストレス？」

「精神的なストレスによって、血管の内皮が傷つく可能性があるんです」

相馬の一言一句が、私の胸を抉《えぐ》る。義彦がようやく中学に合格し、一息つけると思ったところで突然の母の介護である。それも毎日、一日の休みもなくだ。それが和恵にとって大きな負担になっていたことは間違いない。

お前のせいだ。何もかも和恵任せにしていたお前がこの病を起こさせたのだ——。

私の中でもう一人の自分が己を責め呵む。

「とにかく、手術が終わっても、一週間ほどは集中治療室で絶対安静です。その後は容体次第ですが、順調にいっても一週間程度の入院が必要となりますから、これから入院の手続きをしてください。詳しいことは看護師が説明しますので」

看護師の指示に従って入院手続きを済ませた私は、三階にある手術室へと向かった。

手術室のドアの上に掲げられた赤いランプに明かりが灯っている。廊下に置かれた長椅子に、若い女性が腰を下ろしていた。薄いピンクのスモックは、母が通っている施設の職員が着用しているもので、見学の際に目にした記憶がある。私の姿を認めた彼女は立ち上がると、

「唐木さん……でいらっしゃいますか」

静かな声で訊ねてきた。

「はい」

「私、新風苑の職員で神永《かみなが》と申します。所長の指示で奥様に付き添ってまいりました」

歳の頃は三十代半ばといったところだろうか。身内がようやく現れたせいか、彼女の顔に安堵の色が浮かぶ。

「大変お世話になりました」

私は丁重に頭を下げた。

「ちょうど、お母様をお帰ししようとしたところだったんです」神永はおもむろに切り出した。「奥様、玄関先で急にしゃがみ込まれましてね。最初は酷く眩暈《めまい》がするとおっしゃるので、椅子に座らせましたら、今度は突然頭が何かで殴られたように痛むと、それはもう酷い苦しみようで。それで、これはただ事ではないと、すぐに救急車を呼んだんです」

デイサービスには送迎車がつく。和恵はなにゆえに、新風苑に行ったのだろう。

私の怪訝《けげん》な表情を見てとったのか、

「買い物が長くなって、家に帰る時間が遅れてしまった。近くにいるので迎えに行くと連絡がありまして――」

神永は言う。

こうなると、家にひとりでいる時の発症ではなかったことが幸いである。

「そうでしたか……」私は頷くと、「今、救急外来で病状についての説明を受けてまいりましたが、お陰様で出血はさほど酷くなく、命にかかわる事態には至らずに済んだようです。最悪の結果を免れたのは、迅速な対応をしていただいたお陰です」

「それはよかった……」

神永は初めて笑みを浮かべた。

「本当に申し訳ございません。突然のこととはいえ、家内に付き添っていただいたとあっては、施設の方も大変でしょう。ここから先は私がおりますので、どうぞお引き取りください」私は慌てて背広の内ポケットから財布を取り出すと、「これは些少ですが、お帰りのお車代に……」

中から五千円札を抜き、神永に差し出した。

「そんな、困ります」

「いいえ、これは気持ちですから、どうかお納めください。施設の方への御礼はまた日を改めまして……」

「それでは……」神永はすっかり恐縮した態で札を受け取ると、「これは奥様がお持ちになっていたバッグです」

布製のバッグを手渡してきた。

「ありがとうございます」

持ち重りのするバッグを手にした瞬間、私は急に現実に引き戻された。

和恵が退院するまでに、やらなければならないことは山ほどある。

何しろ急な手術、そして入院である。集中治療室に入っている間はすべて病院任せだからいいとしても、一般病棟に移れば話は別だ。細々とした身の回りのことや、義彦の食事の世話。もっともこちらは和恵の実家に助けを求めれば何とかなるだろうが、最大の問題は母だ。

今日これからのことを考えても、施設に預けたままになっている母を迎え、食事、入浴の世話をしなければならない。明日からのことを考えると、状況はさらに悪くなる。義父母にしたところで、充分高齢者と呼ばれる歳である。そうでなくても、母の介護まで、和恵の実家に甘えるわけにはいかない。

誰が母の面倒を見るのか。仕事は――。

いったいこれからの日々をどうすればいいのか、皆目見当がつかない。

「唐木さん、つかぬことをお伺いしますが、今日はお母様をお引き取りになれるんですか」

神永の声で我に返った。

「実は、そこが頭の痛いところなんです。母の面倒は事実上、家内が一人で見てきたんです。今日一日というのであれば私一人でも何とかなりますが、明日はまた会社に……」

「そうですよね。奥様がお倒れになったんじゃ、今日にしたってお母様をお引き取りになるのは難しいでしょうね」

神永は暫《しば》し沈黙し、思案を巡らせているようだったが、

「一週間くらいなら私共で、お母様をお預かりできるかもしれませんが、どうでしょう」

考えもしなかった話を切り出した。

「本当ですか」

「ご承知のとおり、私共の施設はグループホームを併設しています。現在空き室はないのですが、入居者で一人、体調を崩されて入院している方がいるんです。所長に訊いてみないことにはこの場でお返事できないんですが、もし可能だというならば、そこでお母様をお預かりできるかもしれません」

一週間程度という期限付きである以上、状況を根本的に解決することにならないのは分かっている。問題を先送りにするだけだということも百も承知だ。しかし、今の私には、突然訪れた危機を何とか凌げる手立てを見いだす時間が欲しかった。

「そうしていただけるなら、ありがたい話です。一週間でも結構です。何とかそちらで母の面倒を見ていただけませんでしょうか」

私は再び頭を下げた。

16

集中治療室へは夜になって入室を許された。
頭に包帯を巻かれ、点滴の管や計測器のコードに繋がれた体は、生きているという
より生かされていると言った方が当たっているようだった。
まだ完全に麻酔から覚醒していない和恵は、酸素マスクで塞がれた口元を時々歪め
る。こうして和恵の顔を長い時間見ているのはいつ以来のことだったかと思う。
随分窶《やつ》れたようでもあるし、疲れているようでもある。それが長時間に亘る手術の
せいなのか、あるいは介護のせいなのかは分からない。しかし、家事に加えて母の介
護を一身に担ったこのところの和恵の生活を振り返ると、やはり今回の病を引き起こ
した直接の要因は、そこにあるのだと思う。
今どき、男は一家の生活を守るために外で働き、女は家庭を守るもの、といえば時
代錯誤も甚《はなは》だしい、古い考えの持ち主だとの誹《そし》りを受けることは免れまいが、少なく
とも我が家においては和恵との間に暗黙の了解が出来ていたような気がする。
別に生活の糧を得る、あるいは社会に出て働くことが、家庭を守ることよりも尊い

ことだと言っているのではない。私が何の憂いもなく外で働き、家族が至極まっとうな生活を送れるのは、妻が家庭をしっかりと守ってくれているからだ。外で金を稼いでくるばかりが労働ではない。家事や育児もまた立派な労働である。

だから家事、育児にいそしむ和恵には、それなりの敬意を払い、感謝の念を抱いていたつもりだが、何事にも許容の範囲というものがある。新たに加わった介護は、彼女の限度を超えてしまったのだ。

無理をさせてしまった。その結果が和恵をこんな目に遭《あ》わせることになったのだ——。

今さらながらに後悔の念を覚えた。和恵にすまないと思った。

私は眠っている和恵をそのままにして、集中治療室を後にした。術後の医師の所見では、検査をしてみないことには明確には言えないものの、出血は軽微だったので、重篤な後遺症はまず残らないだろうという。それがせめてもの救いであったが、問題はこれから先のことである。

義彦は夕方遅く病院に駆けつけた義父母に頼み、目処がつくまで世話になることになったが、さすがに母の介護を頼むわけにはいかない。和恵が退院したとしても、すぐに母の介護を行えるようになるとは思えない。

途方に暮れる思いで、病院の外に出た。すでに日は落ち、周囲のビルや家々の窓には明かりが灯っている。

もう十時になっていた。

携帯電話の電源を入れた。七件の着信履歴があった。

いずれも勝浦からのものだ。

メッセージを聞くより直接話をした方が早い。勝浦の携帯に電話を入れた。

海千山千、激烈なビジネスの現場をくぐり抜けてきた経験充分な人間たちが揃う部署である。半日ばかり放っておいても間違いはないのだが、それでも部の最高責任者たる私の承認なしでは先に進まないのが組織というものだ。

「取り込み中のところすんませんでした。伺いたいところは以上です」

ひと通りの報告を終えたところで、勝浦が言った。

「迷惑をかけてすまんね。ところで明日のことなんだが、少し用事が残っていてね。会社に出るのは十時を回ると思う……」

集中治療室に入っている以上、病院に詰めていたところで何もやることはない。しかし、和恵の容体が気に掛かる。明朝一番に再びここを訪れ、和恵の容体を確認しておかなければならない。

「そうですか。午前中は特にスケジュールは入っていませんが、昼過ぎにニューヨークから谷繁が帰国する予定でして、例の住宅ディベロッパーとの商談について、部長に報告をしたいと言っております。それから八時からはヒューストンと電話会議を設定してありますが、よろしいでしょうか」

「大丈夫だ。午後からのスケジュールはすべてこなせる」

「分かりました。それでは明日……」

電話が切れた。

勝浦の一言一言が、私に現実を突き付ける。

家庭と職場。組織に属する者は、誰しも二つの世界を持っている。そして組織の世界は、個人の事情などお構いなしに突き進んでいく。

私は携帯電話を手にしながら、これからのことを考えた。

医師は和恵が退院するまでひと月と言ったが、はっきりしたところは分からない。ことによると月単位での入院を余儀なくされることになるかもしれない。おそらく病院へは義彦を送り出した義母が詰めてくれるだろうから、看病にさほどの時間を割かずとも済むとは思うが快復の状態如何では、リハビリだって必要になる。

そして母だ。

武蔵野新風苑に預けられたとしても、期間は一週間。その間に、リハビリ、デイサービスと、今までどおりの生活を送らせる手立てを講じておかなければならない。考えれば考えるほど、何から手を付けていいのか分からなくなる。しかも、一つ一つが今後の家族の生活を、そして私の仕事に大きな影響を及ぼすことばかりときている。

問題は放置すると乗算的に大きくなるものだ。発生した時点で一つ一つ潰しておかなければ対処が困難になるものだということは分かっているが、解決の糸口さえ皆目見つからない。

それでも私はメモリーから桑田の名前を検索すると、発信ボタンを押した。

「はい……」

桑田の嗄れ声が聞こえてくる。

「本部長、唐木です」

「おう、どうした」

「今、お話しして大丈夫ですか」

「構わんよ。何だね」

「実は、家内がくも膜下出血で倒れまして――」

「何？　奥さんが。いつのことだ」

　桑田の声が低く張り詰める。

「今日の夕方です。幸い出血も軽度なもので大事には至らずに済みそうで、手術も無事終わったんですが、暫《しばら》く入院しなければならなくなりまして……」

「そりゃえらいことだ。それで今、君は病院にいるのか」

「ええ。容体は安定しておりますし、付き添いをするわけにもいきませんので、これから自宅に戻ろうかと思っているんですが、いきなりこんなことになってしまいますと、細々とした用事もありますし、家内の容体も気になります。ここ二、三日は、病院に寄ってから会社に出ることになるかと思うんです」

「そりゃそうだろう。君のところは親子三人だったね。お子さんは、確か中学に上がったばかりだったな」

「子供の面倒は、家内の実家の方で見てもらうことにしましたので、そちらの方は大丈夫です。業務には支障が出ないよう、スケジュールをやりくりしますが、ちょっとの間、朝、席を空けることをご了解いただきたいと思いまして。それでご連絡させていただいたわけです」

「そんなことなら心配せんでいい。事情が事情だ。奥さんの看病をまず優先することだ」

桑田は少しも躊躇することなく、すぐに言葉を返してきた。

「そうは言われましても、やはり気になるのは進行中の仕事です。いずれの案件にも今期の事業部の業績が懸かっていますからね。看病といっても、治すのは医者で、私が付いていてもどうなるものでもありません。朝一番に様子を見に立ち寄るという程度のことで済むと思いますので……」

足並みを乱す者がいれば、即座に落後者の烙印《らくいん》を押され、容赦なくラインから外されるのが組織の掟だ。それは管理職にある自分が熟知している。

しかし、ここで生殺与奪の権を握る人間から事前の了解を取り付けておけば、話は少し違ってくる。

桑田に電話をかけ、和恵の突然の病を打ち明けたのには、そんな考えもあった。

「君もよくよく心配性な男だな。確かに君が担当している案件は、事業本部、いや会社にとっても大きなビジネスには違いないが、北米は精鋭揃いだ。部下に任せておいても、そうそう間違いなんて起こるもんじゃない。容体が安定するまで、看病を優先させたらいいさ。実際、事業本部を預かる私にしても、いちいち君に細かい指図なんか出さんだろう」

「しかし、ご承知のように、商談は詰めの段階まできてるんです。間違いがあっては取り返しのつかないことにもなりかねません」

私はこのプロジェクトに懸ける熱意、そして業務には何ら支障を及ぼすことなく、この難局を乗り越えられるのだということを強調してみせた。

「とにかく当面は、奥さんが無事快復することに全力を尽くすことだ。パワーグリーンの件は、基本契約までは漕ぎ着けてるんだ。あとは細々とした条件交渉だけだし、今は心配事の解決に当たることだよ」

「申し訳ございません。ご迷惑をおかけいたします」

「大変だろうが、奥さんが無事に快復することを祈っているよ」

「ありがとうございます」私は電話を耳に押し当てたまま、頭を下げ、「ところで本部長。この件は、暫くの間、ここだけの話にしておいてください」と切り出した。

「なぜだね」

「家内が倒れたことを知れば、部下がいろいろと気を回すと思うんです。大事な時期です。すべての情報、報告を把握しておかないと、判断を誤ることに繋がりかねませんので」

桑田は暫し考え込んでいるようだったが、

「まあ、君がそう言うなら仕方がないが――」

いささか訝しげな口調で答えた。

電話を切った私は、ほっと一つ溜息を吐き、夜空を見上げた。大都市の発する明かりのせいでさほど多くはないが、目を凝らすと星がいくつか瞬いている。

結局、母のことは話せなかった。いや、話さなかった。

家庭内に重篤な病に罹った人間が出た、それも妻がということは、組織からみれば仕事に何らかの支障をきたすのではないかと、不安を抱かれるには充分過ぎる理由になる。

今の時点で、和恵のことはともかく、まったく先が見えない認知症の母の介護までもを、私が担わなければならなくなったと知られれば、私の行動のすべてに予断を与えてしまうことになる。

私はそれを恐れたのだ。

「あと一週間か――」

私は朧に光る星に向かって、ぽつりと呟いた。

17

幸い和恵の容体は順調に快復し、術後一週間で集中治療室を出て一般病棟へ移った。

しかしそれでも、私が以前のように仕事に専念できる態勢が整ったかといえば否である。和恵に代わって、母の世話をするのが私の役目となった。

義父はやはり高齢とあって、このところ体調が思わしくない。義母は事情を察し、和恵に代わって母の世話をすることを申し出てくれたが、彼女にしたところで充分に高齢である。義母に何かあったら、事態はますます悪化するばかりだ。まして、義彦の世話もある。

もちろん事情を話せば周囲の理解は得られるだろう。だが和恵の快復に目処が立たぬ以上、この状況がいつまで続くか全く分からない。介護休業制度はあるが、使った途端にポストを外されるのは目に見えている。新入社員ならいざ知らず、いまの自分には使うに使えぬ代物だ。

ヘルパーを使うことも考えた。だが、問題は時間だ。平日は、早朝から夜遅くまで家を空ける。長時間、それも時間が読めないとあっては、民間のヘルパー派遣会社を頼るしかない。しかし、そうなると新たな問題にぶちあたる。経済的負担だ。

介護保険とプライベート介護サービスの組み合わせは可能だが、自己負担料金が格段にかかる。それが毎日ともなれば、老人介護専門の病院に入院させた方が、まだ安くつく。

ヘルパー派遣業者を調べ、さらに病院を調べしているうちに、時間は刻々と過ぎていく。動きが取れるのは、母がデイサービスに出かける週二日のみ。三日間は、家を出るに出られない。欠勤せざるを得なくなったのだ。

もっとも、タイムカードとは無縁の管理職。ましてや直行直帰、出張が頻繁にあって、長くオフィスを空けることは当たり前の国際事業本部である。朝一番からスタッフ全員が顔を揃えることの方がむしろ珍しい部署だ。顔が見えないからといって、誰が気にするわけでもないのだが、それが連日のこととなると、やはり否応なしに目立つ。

「唐木君、ちょっと……」

桑田が声を掛けてきたのは、そんな日々が常態化した二週間目のことだ。

「何でしょう」

「ちょっと、小部屋に行こうか」

桑田はフロアの一角にあるドアを目で指した。

小部屋とは、四畳半ほどの広さしかない会議室とも呼べぬ狭い部屋のことで、主に人事考課をするにあたっての面談や、秘密を要する話に使われる。

「これからですか。会議が始まってるんですが」

私は時計と桑田の顔を交互に見ながら言った。会議は十一時に始まる予定だったが、もう十分回っている。

「あまり手間は取らせないよ。それに遅れついでだろ」

桑田は有無を言わさぬ口調で言うと、先に立って小部屋へと向かった。

「奥さん、どうなんだ。容体が思わしくないのか」

小さなテーブルを挟んで、私が正面に座るなり桑田は切り出した。

「二週間ほど前に、集中治療室を出て、一般病棟に移りました。予後は順調で、あとは退院を待つだけです」

「後遺症が残る心配でもあるのか」

「いいえ、今のところはその兆候はないと言われております」

「ふうん。じゃあ、始終奥さんの傍にいてやらなきゃならないってわけじゃないんだな」

「ええ……」

「それでもほとんどつきりってわけか」

　桑田の声に棘《とげ》が宿るのが分かった。

「申し訳ありません……」

　私は視線を落とし、頭を下げた。

「事情は分かってるさ。奥さんを案ずる気持ちも分かる。だがな、危機的状況を脱してもなお、周囲の好意に甘えているのはどうかと思うがね。仮にも管理職なんだ。ましてや部長ともなれば、軍隊でいうなら大隊長だ。重責を担う人間が、私事で職場を空けるんじゃ何かと弊害《へいがい》が出てくるからね」

「仕事には支障をきたさぬように、注意しているつもりですが……」

「注意をしているつもりねえ」桑田は苦い顔をすると続けた。「だがね、君がそう思っていても、実際部下は随分戸惑っているようだがね」

「えっ……」

　私ははっとして顔を上げた。

「いや、別に誰が不満を口にしてるわけじゃないんだがね。君がいない間にスケジュールを調整したり、留守を告げたりする声は否応なしに聞こえてくるからさ」

返す言葉がない。桑田の厳しい言葉が耳朶を打つ。

「入社したての新人じゃあるまいし、こんな説教じみたことは言いたくないが、いつまでも家庭の事情を職場に持ち込まれるのは困る」

サッカーなら、一枚目のイエローカード。早晩態度を改めればよし。それでなければ、二枚目のイエローカードで退場だ。かといって、現状を打開できる目処などあるわけがない。

「実は――」

私は初めて桑田に打ち明けた。

骨折した母を東京に呼び寄せたこと。その母が認知症になり、介護の手を必要としていること。施設を探したものの、受け入れ先がなかなか見つからないこと。和恵のくも膜下出血の遠因が、介護による過労からくるものであると思われること――。

「そんなことになっていたのか。なんで早く言わなかったんだ」

桑田は一言も発することなく、私の話を聞き終えると、溜息を吐きながら言った。

「プライベートなことでもありますし、北米の案件は、長い時間と労力を費やして、ようやくものにできるかどうかというところにまで漕ぎ着けたものです。これまでの交渉経緯も含めて、全体を把握しているのは私以外にいません。ここで私が抜けたら、会社に大変な迷惑をかけてしまいます。だから、この仕事が終わるまではと思いまして……」

「そうじゃないだろ」桑田は私の言葉を遮った。「バッドニュース・ファースト。悪い知らせは何においても優先して報告するのがビジネスの基本じゃないか。プライベートなことで会社に迷惑をかけたくはないという君の気持ちは分かるが、すでに業務に支障をきたしてるんだ」

返す言葉がなかった。私は黙って下を向くしかなかった。

「君は自分が抜けたらと言うがね。北米案件はこれからがいよいよ大詰めだ。商談が最終局面、工場が試運転の段階に入れば、一週間、二週間は現地に行きっぱなしになるだろう。そんなことができるのか？　できやしないだろ？　もし、その時になって、家庭の事情で日本を離れられませんなんてことになったら、どうするつもりだったんだ」

桑田は舌鋒《ぜっぽう》鋭く、攻めかかってくる。

「ご迷惑をかけないよう、何らかの算段を講じるつもりでした」

自分でも答えになっていないことは分かっていた。入社したての新人だって、こんな曖昧な返事はしやしない。ましてや部長という職務につく人間の受け答えとしては失格もいいところだ。はたして桑田は「フッ」と半ば呆れたように鼻息を漏らすと、

「そんなに簡単に解決できるなら、とっくの昔に手を打てていただろう。それとも、もう目処が立っているとでもいうのかね」

少し苛立った口調で言った。

「日々努力はしています。母を完全介護型の病院に入れるべく、申し込みもしました。しかし、空きがないのです。ですから、来週からはヘルパーに来て貰おうと――」

私は少し嘘を交えて答えた。

完全介護型の病院に申し込みをしたのは事実だが、空きはあっても特別室で、べらぼうな差額が発生するのだ。空きが出た時点で料金の安い部屋に移ることは可能だが、いつまで続くか分からないとなれば、やはり躊躇する。

もちろん、施設を関東全域に広げれば、空きのある病院もないではない。しかし、母がこんな状況に陥ったのは、そもそも一人暮らしを強いたことにある。それを思うと、ここでまた、放置に等しい状態に置く気にもなれない。

当面の間、プライベート介護サービスを使わざるをえないと決断したものの、継続

的に、しかも長時間となると、家族や医療機関を交えての打ち合わせ、スケジュール調整にどうしても時間がかかる。

妻が倒れた、あるいは共稼ぎで平日に時間を割くのが困難な人間など世の中にはごまんといるだろうが、公共サービス、行政に至るまで、一線横並びで週末は窓口を閉ざしてしまうのだからどうしようもない。

「すると、今の状況はまだ暫く続くというわけだな」

桑田は言った。私は答える代わりに視線を落とした。

「しょうがないな」

桑田の声が頭の上から聞こえてくる。「しょうがない」。この言葉には二つの意味がある。楽観的に考えれば、現状をやむなしとして容認。悲観的に考えれば――。

「唐木君。お母さんの介護の目処がつくまで、今回の案件から外れたらどうだ」

恐れが現実となった。

「しかし、本部長。これまでの経緯を考えれば、ここに来て私が外れてしまったのでは業務に支障をきたします。それに私はこの案件に全精力を傾けてきたんです。ここで離れろというのは、余りにも酷というものです。せめて家内が退院するまで待っていただけませんか。そうでなければ――」

「奥さんが退院すれば、介護が任せられるとでもいうのかね」視線を上げた先に、こちらを見据える桑田の目があった。「そりゃ、ヘルパーさんが来てくれるなら少しは負担も軽くなるだろうが、二十四時間つきっきりってわけじゃないんだろ」

その通りだ——。

私は再び押し黙った。

「奥さんが倒れたのは、介護疲れが原因かもしれないと君は言ったじゃないか。今回は大事に至らず済んだからいいようなものの、元の環境に戻せば、同じ轍《てつ》を踏まんとも限らない。無理をさせて、再発でもされたら、それこそ目も当てられんぞ。だったらこの案件は他に任せて、君も介護に加わった方がいいんじゃないのか」

桑田の言うことはもっともである。だが、ここで身を引くということは、出世の道が閉ざされることと同義だ。それを考えると、やはりこの場で即座に返答する気にはなれない。

「ですが、ここに来て代わりと言われましても……」

私は苦しい言葉を吐いた。

「唐木君。その点についちゃ心配はいらんと思うよ」

「えっ」

「君がこの案件の指揮を執っていたことは事実だが、一緒にその場に立ち会っていた部下や現法の人間だって、情報を共有していれば、交渉能力もある。充分君が抜けた穴は埋め合わせることができると思うがね」桑田は淡々とした口調で諭すように言うと、「とにかく、目の前の難事の解決に当たりたまえ。それが君が今一番になすべきことだ。いいね」

話は終わったとばかりに立ち上がった。

18

桑田は目先の難事の解決に当たれと言ったが、この窮状から簡単に抜け出すことができるのなら、端から苦労はしない。翌週も、また次の週になっても、状況は何一つとして変わらなかった。

いや、ヘルパーが来てからは、とりあえず昼間は仕事に専念できる環境が整った。しかし、プライベート介護サービスだって、こちらの都合に合わせ在宅時間をフレキシブルに対応してくれるわけでなければ、早朝、夜間ともなれば、料金も割増しになる。結局、定時に出社し、定時には帰宅することを余儀なくされたのだ。

もっとも、救いがなかったわけではない。

母には年金がある。父の退職金もまだ残っているだろう。

東京に来てからは、それが手付かずのまま残っているはずで、いずれそれを介護費用に充《あ》てれば、足しになるかもしれないと気づいたからだ。

定時に退社していく私を見ても、桑田は何も言わなかった。

夕刻、オフィスを出て行く私に目をくれることもない。

部下たちも同じだ。会議や報告は日中の間に。海外支店との電話会議も夜間は避け、午前九時からに限定するようになった。彼らが事情を知っているのかどうかは分からないが、上司である私には面と向かって非難する者は一人としていなかった。しかし、仕事を共にする仲間が、どういう感情を抱いているかは、空気で分かる。

組織とは、同種の動物で構成された群れだ。だが、ただの群れとは違う。普段は同じ餌《えさ》を食《は》みながら、新しい命を育《はぐく》み、より豊かで質のいい餌場を探して旅を続けているのに、一度群れの中に弱った仲間を見つけると、性質が一変する。手傷を負い、流れる血の気配を嗅《か》ぎ取るや、息を潜めて様子を窺う。そして快復の兆しがないと悟ると、一斉に排除しにかかるか、あるいは喉笛に嚙みつき止《とど》めを刺す――。

そう、彼らは私が流す血の臭いを嗅ぎ取ったのだ。部下はそれとなく距離を置き、私が辿る運命を見極めようとし、桑田は止めを刺す頃合を虎視眈々《こしたんたん》と見計らっているのだ。

朝を迎えるのが辛かった。夜が白々と明けてくるのが怖かった。まだ薄暗いうちにベッドを抜け出し、母のおむつを交換する時、掛け布団をのけると蒸れた尿の臭いが鼻をつく。

なぜ、まだ先のある俺が、快復の可能性もなく、いつやってくるか分からぬ死を待つばかりとなった人間の面倒を見なければならないのか。いかに親とはいえ、あまりに理不尽だ。あまりに酷いという思いにも駆られた。

桑田が再び私を小部屋に呼んだのは、そんなある日のことだった。

「どうだ、奥さんの容体は。退院の目処はついたのか」

小部屋に入るなり、桑田は切り出した。微動だにしない瞳が、眼鏡の下から見詰めてくる。

「明後日《あさって》には退院する予定です」

私はテーブルに視線を落としながら答えた。

「そうか。それはよかった」

「お陰様で、後遺症は残らないそうで、大事に至らずに済みました」

「で、奥さんが退院すれば、少しは状況が改善されるのかな。君がお母さんの介護から、解放されるのかな」

私は答えに詰まった。視線を上げて桑田の顔を見ることもできずに、その場で身を硬くした。

「なにぶん、家には母がいますからね。病み上がり、しかもあんな病気をした身です。寝たきりの母を、一つ屋根の下に置いたんでは、家内も気が休まらんでしょう。無理をさせれば再発の可能性もないとも言えませんし、そんなことになったら取り返しのつかないことになってしまうかもしれません。当分の間は家内の実家で療養させようと考えています」

私は苦しい言葉を吐いた。

「ということは、奥さんが退院しても状況は何も変わらんということだね」

「今暫く、ご迷惑をおかけすることになるかと……」

私は低くした頭をさらに下げた。重い溜息が聞こえた。

「そうか……。じゃあ、仕方がないな」桑田が呻くように言い、「君、今のポジションを外れてくれ」

間髪を容れず静かに告げた。

私は思わず身を起こした。目の前に頬を強ばらせた桑田の顔があった。

「待ってください。このプロジェクトは三年もの年月を費やして――」

「君の気持ちは分かるがね。会社は無尽講のような相互扶助を目的とする組織じゃない。与えられた職務を果たすことができないとなれば、誰かにその役割を移さなければならないものだ。そして何よりも優先されるのは個人じゃない。組織、ひいては会社の利益だ」

返す言葉がなかった。私は再び下を向き、唇を噛み締めた。

「仕事も介護も、どちらも大変だ。一つでも全力を尽くさなければ全うできないものを、君一人でやっていくのは不可能だ。そして仕事には引き継ぐ人間がいるが、介護、ましてや面倒を見るのが親ともなればそうはいかない。このまま無理をして今度は君が倒れたんじゃ、お母さんの面倒は誰が見る。家族はどうなる。状況をよく考えることだ。そうすれば、今の君が何を優先すべきかは、おのずと答えが出るだろう。はっきりと目処がつくまで、時間の融通の利く部署に暫くいろ。悪いようにはしない。どちらにしても時間が解決することだ。必ず復帰の時は来るさ」

桑田は諭すように言うと、窓外のビルの群れに目をやった。

19

辞令が出たのは、それから一週間後のことだった。

『総務部文書管理室　室長付部長待遇』

それが私の新しい肩書きだ。

ビジネスの第一線から後方支援のまた後方。社内の片隅に、ひっそりと息を潜めるように設けられた一室が新たな職場となった。新しい部署には四人の同僚がいたが、三人いる男性社員は室長も含めて既往歴があり、他に女子社員が一人いるだけだ。

大会社では、日々多くの書類が発生する。

伝票、帳簿、輸出入書類、設計図、取引先と交わす書簡。オフィスには収納しきれない書類を箱に詰め、台帳に記録した上で段ボール箱に仕分けしては倉庫に送る。

それが仕事である。

会社の人事は縁談と同じだ。巷間、組織の人事は人事部が担うものと思われがちだが、それは大きな間違いだ。実際の異動は人を送り出す側と、受け入れる側の当事者同士の話し合いによって決まる。出したい、欲しい。ならば誰をくれる――。

双方の天秤《てんびん》が釣り合うと見なされて、初めて纏まるのだ。人事部は、提示を受けて辞令を出す。それだけのものに過ぎない。

もちろん例外はある。強い力を持つ部署が、力の弱い部署に、不要となった人間を一方的に押し付ける場合だ。

そして自分に対する真の評価は、後任者に表れる。

桑田が私の後任に据えたのは、よりによって芝草だった。

同期にして役員の椅子を争ってきた最大のライバル。

誰がどう考えたところで、私が再びかつてのポジションに返り咲くことなどありえない。

確かに、時間は自由になった。何時に出社しようと、途中で会社を抜け出そうとも、もともと病院通いで席を外す同僚たちばかりだ。誰も他人のことなどに関心を払わない。それでも業務には何一つとして支障をきたさないときている。だいいち、机の上に置かれた電話など、滅多なことでは鳴りはしないのだ。

しかし、新しい部署での日々は、私を心底から痛めつけた。

誰に気がねすることもなく、母の介護に当たれるのはありがたかったが、禄を食む、それも他人の稼いできた金にすがり、給与を貰うことに後ろめたさを感ずるようになった。

それに、肩書きだけの役職の手当など無きに等しい。ボーナスだって格段に下がる。年収は今年ですら、二割、いやそれ以上下がるかもしれない。役員の目が消えた以上、定年を迎えた時点で会社を去らなければならないのは目に見えている。老後の生活どころか、現在の生活レベルを維持することすら困難になってしまうのだ。

それでも、世間の相場からすれば、まだ高い報酬だとはいえる。これまでの働きと実績を考えれば、この程度の待遇を受けて当然だ、という自負の念はある。しかし、こんな状況が定年まで続くのか。目標もノルマもない。誰一人として関心を払う者がいない部署で、埋もれてしまうのかと思うと、途方もない虚無感に襲われた。それ以上に、暗鬱たる気持ちに私を駆り立てたのは、この部署に配属された社員の末路が、ほとんど決まっていることにある。

さすがに基本給は下がらぬが、実績のない社員のボーナスは雀の涙。年収は、年を追うごとに下がり続ける。そして子会社、関連会社への出向、そして移籍だ。もちろん、そこでも満足なポジションはおろか、職すらも与えられない。年収も、半減どころかさらに下がる。

そう、ここはまさしく追いだし部屋。不要になった社員のプライドをずたずたにし、さらに兵糧《ひょうろう》攻めにし、退社に追い込む部署なのだ。

私は、新しい部署に配属されてほどなく、会社を辞めることを考え始めるようになった。

義彦はまだ中学一年。大学を卒業するまでだけでも九年余もある。大学院まで進めばあと十一年だ。マンションのローンもまだ九年も残っている。母の介護もいつ終わるとも分からない。

それに第二の職場を得るのに、最も重要視されるのが職歴だ。

三國電産の第一線といえる国際事業本部北米事業部の部長で終わったならば、興味を示す会社もないわけではないだろうが、閑職に甘んじて定年を迎えたとなれば話は別だ。自分の価値を貶《おとし》めることはあっても、評価の対象となることは考えられない。

それも、長く身を置けば置くほどだ。

それに、会社にしがみついたとしても、今の時代、定年退職を迎えた人間が次の職場を探すのは容易なことではない。卓越した能力を持つ技術者なら別だろうが、家電業界限定のゼネラリストというのは些《いささ》かの売り文句にもならない。

私は揺らいだ。将来を模索しながらも、決断をつけられないまま時間だけが流れた。

机の上の電話が鳴ったのは、新しい部署に配属されて四ヵ月になろうという昼のことだった。

「もしもぉし。勝浦ですが」

受話器を通して、かつての部下の声が聞こえた。

「やあ。元気かね……」

私は訊ねた。

「今ノースカロライナです。この二週間、ずっとこちらに詰めていたんです。部長、やりましたよ。工場、無事に生産開始です」

勝浦は声を弾ませた。

「そうか。やったか！」

私は受話器を耳に強く押し当てながら、思わず身を乗り出した。

「いやあ、これも部長が築き上げた基盤があったればこそです。パワーグリーンの全店に、うちの白物家電が並びます。もう店舗の改修も始まってますし、住宅ディベロッパーとの契約も成立しました。骨身を削った甲斐《かい》がありました。お陰で今夜は美味い酒をしこたま飲ませていただきましたよ」

そう言われてみると、勝浦は酔っているのだろう。少々呂律《ろれつ》が怪しい。

「君たちが頑張った結果だよ。いろいろ厳しいことを言ったが、大変なのは実務に当たる現場だ。よく頑張ったな。今夜はせいぜい美酒に酔うことだ。君たちにはその資格が充分にある」

労をねぎらう声が空回りする。

たった四カ月前のことなのに、このビジネスをものにせんと陣頭指揮を執っていた頃が随分昔のことのように思える。

「誰が何と言おうと、今回の功績は部長のものですよ。私はねえ、それを思うと悔しくてならんのです。今日の席で乾杯の音頭を取ったのは誰だと思います。芝草さんですよ。東南アジアとアメリカじゃビジネスの仕方が違う。ましてや工場設立にはまったく関与しなかった人がですよ。もう一息でプロジェクトが終わるというところにいきなりやって来て、大した働きもしなかったくせに、これが芝草さんの手柄になるんだと思うと、無念でしょうがありません」

勝浦は憤懣《ふんまん》やるかたないとばかりに声を荒らげた。

「君は美味い酒をしこたま飲んだと言ったじゃないか」

「そりゃあね……。さんざん苦労してきた案件をものにできたんですから、嬉しくないと言えば嘘になります。だけど、あの席に部長がいないんじゃ画竜点睛《がりょうてんせい》を欠くというものです」

「もう、私はあの仕事から離れた身だ。経緯がどうあろうと、結果を出したのは芝草だ」

「いいんですか、部長。この成果が芝草さんのものになってしまえば、桑田さんの後任ポストには芝草さんが就いてしまうんですよ」

「私を思ってくれる君の気持ちは嬉しいが、人間の一生には運、不運が必ずつきまとう。芝草には運があった。私には運がなかった。それだけのことだ」

達観した言葉を吐いてみせたものの、改めて勝浦の口から手柄は芝草のものになる、取締役国際事業本部長のポストも彼のものになってしまうと言われると、私は胸中に悔しさが込み上げてくると同時に、自分の身に降りかかった運命を呪いたい気持ちになった。

もはや、この会社にいても復活の可能性はない。このまま飼い殺しに等しい待遇に甘んじ、取締役となった芝草を横目で見ながら、ひっそりと定年の時を迎えるしかないのだ。

酔いに任せて、喋りまくる勝浦に曖昧な返事をするだけとなった私の脳裏に、『退職』の二文字が俄に現実味を帯びて浮かび上がってきた。

20

「えっ……会社を辞める？」

職を失うことは、家族の生活にかかわる大問題である。まだ中学生の義彦は別として、和恵には辞表を提出する前に話しておかなければならない。予期していたことだが、和恵は顔を強ばらせ、声を震わせる。

「お前には初めて話すんだが、新しい部署への異動があってね。もう、四カ月になる。総務部文書管理室。肩書きは室長付の部長待遇だ。最前線の部署から、これといった仕事もなければ、部下もいないスタッフ部門へ。これが何を意味するか分かるだろう」

私は努めて穏やかに言った。

「だからといって、会社を辞めてどうするつもり？　子供が独立しているならともかく、義彦はまだ先は長いじゃないの。収入がなくなれば、あんなに苦労して入った中学を続けられなくなるのよ。それに家のローンだって……」

「そんなことは分かってる」

「分かってるなら、どうしてそんなことが言えるの」

和恵は声を荒らげた。感情が高ぶる様子が、手に取るように分かる。

「耐えられんのだよ。満足な仕事はない。定時に退社しても、誰も困らない。上司も俺の行動になんか、まったくの無関心だ。それも、周りがみんな、会社にとってはお荷物と見なされた人間たちばかりだからだ。いつまでこんな仕打ちに耐えられるか、会社はじっと息を潜めて、俺が音《ね》を上げる時を待っている……。そんな環境に身を置いておくことが、俺には我慢できないんだ」

「周りの人も同じならいいじゃない。居直って、そこにいればお給料は貰えるんでしょ？　だいたい、どうしてあなたがそんな目に遭わなきゃならないの？　これまで会社のために家庭を顧《かえり》みることなく仕事に没頭してきて、充分な功績を上げてきたんじゃなかったの」

こんな人事を受けることになった、そもそもの原因が、母の介護にあるとは言えなかった。和恵の病が、決定的な窮地に私を陥《おとしい》れることになったこともだ。

私は答えに詰まって押し黙った。

「お義母さんのことね」和恵は畳みかけるように続ける。「介護のことは気にすることはない。母親には会社が理解してくれてって言ってたそうだけど、あれほど頻繁にあった出張がぱたりとなくなったことも、妙だとは思っていたのよ」
和恵は低い声で言い、ふっと視線を逸らす。その目が込み上げる感情に耐えている
かのように揺らぐ。
「理由はともかく、この歳でこんなポジションに追いやられてしまった以上、もはや
俺に会社での将来はない。役員レースにも敗れた。いずれ取締役の座には同期の人間
が就く。そして俺は、定年と共に会社を去る」
そっぽを向いた和恵の目から、一筋の涙が頬を伝って流れ落ちた。
「それが逃れようのない現実だ……」私は、軽く息を吐く。「となればだ、このまま
会社にしがみつき、その時を迎えた方がいいのか、それとも今の時点で、自ら会社を
辞めた方がいいのかを考えるべきだと思う」
「どういうことよ」
和恵は震える声で訊ねてきた。
「こちらから辞めるといえば、早期退職制度が適用され、退職金は割増しになる。ざ
っと千五百万の上積みだ。合わせれば四千万円近くになる。これは悪い金額じゃな
い。このまま定年を迎えても、規定の金額。せいぜいが三千万かそこらにしかならな
い」

私の脳裏にあったのは、一年前に会社が募った早期退職希望者向けの制度だ。

終身雇用が当たり前だった時代の名残で、会社の賃金体系は年を経る毎に右肩上がり。もちろん、ある一定の年齢に達すると上昇カーブは鈍り、職能給とボーナス、つまり能力給が年収を大きく左右することになるのだが、会社の仕事など、そもそもが三年もすればあらかた覚えてしまう。ましてや四十そこそこで課長になった人間と部長の能力差に、賃金差ほどの違いはない。

ならば、若く体力のある若手を使った方が、会社にとっては生きた金の使い道というものだ。多くの企業が、早期退職者を募る場合、四十五歳辺りからを対象にするのはそのためだ。

三國電産でも、募集には少なくない社員が応じたが、退職金の割増しに魅力を感じて辞めていった者は、それほど多くはないだろう。そのほとんどは、これから先のキャリア・アップが望めないことを告げられ、能力給の導入と同時にむしろ給料が下がり、結果、生涯賃金が少なくなることをデータとして示されたからだ。

幸い国際事業本部は精鋭揃い。部下にそんな仕打ちをせずに済んだものの、全体的に見れば余剰となる人員は毎年生ずる。有能な若手が育てば、押し出される古手の人間が生まれるというわけだ。だから、会社は常に早期退職の窓口を開けている。

「一千万円の差なら、このまま勤めたらいいじゃない」

「退職金だけを考えればな——」私はいった。「給料が格段に下がる。いずれは、出向、転籍だ。その時の退職金に割増しはない。生涯年収で考えれば、決して得とはいえないね。それに、義彦のこと、老後への備えを含めて、俺たちの今後を考えれば、まだ現役を退くわけにはいかないんだ」

「次の職の当てはあるの？　あなたを拾ってくれるところなんてあるの？　お義母さんはどうするの？」

そこを突かれると返す言葉がないが、私の我慢も限界にきていた。

家族のためを思えば、どんな仕打ちを受けてでも、会社にしがみつけ。プライドもへったくれもない。歯を食いしばって耐えろ。そう思うのは当然だ。

だが、家族を思うから辛いのだ。会社にしがみついても、生活を維持することすらできないことが分かっているから絶望的な気持ちに駆られるのだ。リストラに遭った人間の多くが、歯を食いしばって耐え、あるいは抗議しながらしがみつこうとしても、結局、会社を辞めていくのは、現実を、将来を、日々見せつけられるからだ。それが不要と目した人間を辞めさせる術《すべ》であることを、会社が熟知しているからだ。姥捨山《うばすてやま》同然の部署で、座してこのまま沙汰を待つ。それならば、駄目元で次の人生に懸ける方がよほどいい。もっとも、それを可能ならしめるためには、母の介護をどうするかが大前提になるのだが、組織を離れ、自由の身になれば、何をするにしても、考えに専念する時間が出来る。

「今会社を辞めれば、当面の生活は何とかなる。期間は限られているが、失業保険も貰えるしね。その間に、何とか次の手を考えるさ」

答えになっていないことは分かっていた。和恵の言うとおり、当てなどありはしない。だが、自ら切り開かなければ、道は開けないのが人生だ。これから先、売るのは会社の事業じゃない。我が身の能力を自分の力で売り、成功を収めなければならないのだ。

悲嘆に暮れる和恵にはすまない気持ちでいっぱいだったが、私は腹を括《くく》った。

21

「吉井《よしい》さん。お話ししたいことがあるんですが、時間をいただけますか」

上司とは名ばかりだが、室長の吉井に切り出したのは、和恵に退職の決意を告げた翌日のことだ。

「ん？　何だね改まって」

「ちょっと、込み入った話で……」

狭い部屋である。ここには、サラリーマンとしての将来を絶たれてもなお、会社にしがみついて定年を迎える覚悟でいる人間がいる。退職の話は刺激が強過ぎる。

「じゃあ、喫茶室に行こうか。昼休みも終わったことだし、あそこならいいだろう」

吉井と連れ立って、地下二階にある喫茶室に入った。四人分の椅子が置かれたテーブルが五つ。昼飯時が終わったばかりとあって、客は誰一人としていない。コーヒーが二人の間に置かれたところで、吉井が切り出した。

「で、話って何だね」

「会社を辞めようと思っています」

「ほう」

驚いたふうでもない。すぐに理由を訊ねもしない。

吉井は黙ってカップに口をつける。

短い沈黙があった。

「まっ、気持ちは分かるよ」吉井は小さな音を立ててカップを皿の上に置く。「誰だって、こんな部署に飛ばされりゃ、嫌になるわな。実際、僕にしたところで持病がなきゃ、とうの昔に辞めてるさ。他の連中にしたって同じだ。誰もが、自分の置かれた境遇を呪い、苦しみ、その一方で無下に首を切られずに細々と禄を食ましてくれる会社に感謝して、毎日を送ってるんだ。ましてや、君は、四カ月前まで会社中枢の第一線で働いていたんだもんな」

「わがままを言いますが」

私は頭を下げた。

「僕は止めないよ。進退を決するのは他の誰でもない。君自身が決めることだからね」吉井は軽い溜息を吐くと、「で、次の仕事は決まったの?」

多少は、進路について訊ねてやるのが上司の務めだとでも思ったのか、取って付けたような口調で言った。

「いいえ。それはまだ……。当てすらありません」

「それはよくないねえ。確か君はまだ五十そこそこだったねえ。そんな歳で浪人しながら職を探したんじゃ、足元を見られてロクな仕事にありつけんよ」

「分かっていますが、今のままでは、職を探そうにも、なかなか専念できないんです。家庭内に解決しなければならない問題がありまして……」

「お母さんのことかね」

「そりゃ、知ってるよ。ここに飛ばされてくる人間は、みんなそれぞれに理由があるからね。もっとも、人事はいちいちそんなことを知らせてくるわけじゃないが、社内は狭い。聞くつもりはなくても、どこからともなく話は漏れ伝わってくる。しかし、大丈夫なのかね。退職したって、お母さん、君が面倒見なけりゃならんのだろう」

「ええ。ただ、このままの状態ではいずれ行き詰まることは目に見えています。何とか、早いうちにはと……」

「しかし、酷いもんだね」吉井は、深刻な顔をしてまたカップを口に運ぶ。「高齢者の一人暮らし、老人介護が社会問題として論じられるようになって久しいってのに、今に至ってもこれかね。いつ誰が、君のような状況に陥っても不思議じゃないというのに、そうした人たちを支援するシステムはおざなりになっている。根本的な対策は、いつになっても実行されない。これが仮にも先進国と自負する国のありかたなのかね」

「それは、何も社会に限ったことじゃありませんよ。会社だってそうじゃありませんか。お荷物となった人間は、容赦なく切られる。助けるどころか、見捨てるのが組織の本質なんじゃないでしょうか」

「ご存じでしたか」

　これまで、そんなことは考えたこともなかったが、窮地に陥れば陥るほどに、救いようのない現実に直面するのが今の社会であり組織だ。

　なるほど、自治体には特別養護老人ホームを始めとして、介護のための施設を設けてはいるが、高齢化社会が進んだ今の時代に、私と同じような問題に直面する人間はごまんといるはずだ。

　しかし、いざ施設を利用しようとしても、公的施設にまず空きはない。民間の施設は、マンション一つ買うのと同じくらいの金が要《い》る。そして多くの人が、身内の誰かが介護を必要とする段になって初めてその現実に直面し、慌てふためくことになるのだ。

　そう。誰もが、介護という問題は、頭では分かっていても、今をどう生きるかで精一杯で、それがどれほど過酷なものか、そして時として家族の運命をも狂わせかねない問題であるかを、その当事者となった時に初めて悟るのだ。

「残念だが、そんなもんかもしれないね」

　吉井は、初めて同情を禁じえないという顔をして私を見た。

「それでは、私はこれから人事部に参りますので、その後の手続きはよろしくお願いいたします」

吉井はうんうんと頷く。

「本来なら、送別会をやらねばならんところだろうが、こんな部署だ。気まずいものになるだろうから、やらんでおくよ。悪く思わんでくれよ」

「分かっています。その点はどうぞお気遣いなく。退職の件も、他の人たちには話さない方がいいでしょう。黙っていなくなった方がいいに決まってますから……」

吉井は視線を落とすと、テーブルの上に置かれた伝票を手に取った。閑職の部署に、使える経費などありはしない。慌てて財布を取り出した私に向かって、

「いいんだ。ここは私に払わせてくれ。餞《はなむけ》にしちゃあ、余りにも僅かなもんだけど、一応、まだ僕が君の上司だ」

吉井は寂しく笑った。

22

私は会社を辞めた。それと同時に、和恵は家に戻った。

あれほど時間のやりくりに苦しんでいたというのに、会社を辞めると、今度は一日が長くて身を持て余す。母の介護を完全に在宅のみに切り替えることも考えたが、そ

れでは和恵の気が休まるまい。デイサービスの日には母を迎えの車に乗せ、通院の日には病院に送り迎えしながら、空いた時間は近くの公園で時が流れるのをじっと待つ。それが私の日課になった。

失業保険の第一回支払いまでは四カ月かかる。定収がなくなった今、当面の家族の生活を支える糧はこれまでの蓄えと退職金だけである。

それでも金は確実に出ていく。

もちろんプライベート介護サービスは、退職を機に止めた。しかし、義彦の学費。通学費。日々の生活費。マンションのローン。光熱費――。

失業保険だって給付期間は百五十日だ。それを過ぎれば、収入はゼロ。なのに、蓄えは日々目減りしていく。

毎月決まった収入を得ていた生活に慣れた身には、この現実はとてつもない恐怖だった。

確かに、退職金を貰ったお陰で、銀行にはそれなりの預金がある。かつての感覚からすれば大きな額だ。しかし、このまま何もしなければ、年金を貰える年齢になるまで、手持ちの金でやりくりをしなければならないのだ。それまで、十四年――。

どう考えても足りない。

母の認知症が進めば、受け入れ施設の選択肢は少なくなる。最終的には老人介護専門病院ということになるのだろうが、退職後すぐに秋田に出向き、母の預金を確認したところ、おそらくは信吾の開店資金や仕送りに費やしたのだろう、三年ほどの入院費しか賄《まかな》えぬ額しかないことが分かった。もちろん、年金は母が生きている限り、入ってはくる。しかし、それも入院期間がどれほどになるかだ。こちらも、支出に収入が追いつかなければ、やがて私が負担せざるをえなくなる。

仮に職が見つかったとしても、和恵を介護に専念させるのは無理がある。かつてのように、介護保険とプライベート介護サービスを併用し、後者の時間をなるべく短くしながら、母の面倒をみていくしかないのだが、それでは仕事に制約が生ずる。かといって、収入が得られないままでは、それこそ無一文となってしまう。

だから酒も止めた。サラリーマンの教科書ともいうべき経済新聞も読まなくなった。捨てられた新聞を拾って丹念に読み、資源ゴミの回収の日には、雑誌を失敬してひがな一日目を通す。

これじゃ、帰る家があるだけで、態のいいホームレスだ――。

誰にも管理されない、誰にも課題もノルマも与えられない、すべてが自由であるということが何よりも苦痛だった。

考えてみれば、物心ついて以来、人に管理されない日々を送るのは、これが初めてのことだ。

学生時代は学校に、サラリーマンになってからは会社にと、常に決められた枠の中で過ごしてきたのだ。企業人になりたての頃には、所詮自分は組織の中の歯車に過ぎないと、自嘲めいた言葉を口にしたりもした。しかし、すべてを自分で決めなければならない環境に身を置くと、逆にそれが煩わしく感じられてならないのだ。

さて今日は何をして時間を潰すかと考えることに比べたら、仕事も、目標も、報酬と引き換えに強制的に決めてもらえる組織に身を置いていた頃は、何と気が楽であったことか……。

私は自由であることの厳しさを、初めて知った思いがした。そして、誰にも管理されない日々にストレスを覚え、組織、ひいては社会から完全に疎外されてしまったかのような孤独感を覚えるようになっていた。

携帯電話が鳴ったのは、私が会社を辞めてからひと月後、季節が移ろい、公園の桜の木々が固い蕾《つぼみ》を宿し始めた頃のことだった。

液晶画面には久しく連絡を取っていなかった信吾の名前が浮かんでいる。

正直、躊躇した。

巷間、便りがないのは無事な知らせというが、こと弟にはその言葉がぴたりと当て嵌《は》まる。人生設計など端から考えもしない職選び。そのくせ人並みの幸せを追い求めての結婚――。

とにかくよほどの用がなければ連絡してこない。それも、ロクなものであったためしがないのだ。

電話は執拗に鳴る。間もなく留守番電話に切り替わろうかというところで、私は電話を耳に押し当てた。

「あっ、俺だけど……」

「どうした」

弟と言葉を交わすのは十カ月ぶりになるだろうか。不吉な予感に、答える声がどうしても無愛想極まりないものになる。

「入試が終わってさ。結果を知らせようと思って……」

「ああ、そうか。お前のところ、受験だったな。決まったのか」

「雅之が一橋《ひとつばし》に受かったんだよ」

「そりゃ凄いな」

一転して私は感嘆の声を上げる一方で、相変わらず虫のいいやつだとも思った。

連絡をくれるのは、困った時と都合のいい時だけだからだ。

しかし、難関の大学に合格したのは、身内として素直に嬉しい。胸中に久しく忘れていた温かいものが込み上げてくる。

「悲願達成か。頑張ったもんだ」

「成績が伸びて一橋いけるかもと言われていたんだけど、本当のところはどうだったんだか。学校の先生も、開口一番、試験はやってみなきゃ分かんないもんだなって、驚いてた」

「酷いことを言うもんだな。だけど、入試は一発勝負だ。模試の成績がいくらよくとも、本番でミスっちまったら意味がない。ましてや、一点二点の争いだからな。しかし、よかった。これでお前も苦労が報われた思いだろ」

「少しはね」弟の声のトーンが落ちる。「だけど、受かったら受かったで大変でさ」

「学費か」

やはり、と思った。胸中を満たしていた温かなものが急速に熱を失っていく。

「学費は何とかなるんだけど、入学金やパソコン、教科書代がね。兄さん、暫くの間、用立ててくれないだろうか。六十万円ほどなんだが……」

「生憎《あいにく》だが、今回ばかりは何ともならんね。実は、俺、会社を辞めたんだ」

「辞めたって……。どうして」

「それを訊くなら、お袋のことが先じゃないのか」

電話の向こうで、弟が押し黙る。私は続けた。

「こっちに来てもう一年近くにもなるってのに、ただの一度も連絡をよこさないどころか、見舞いにも来ない。看病もこっち任せだ。親の面倒は長男が見て当たり前だと思っているのか。お袋がどうなっているのか気にならないのか」

「そりゃ気にはなったさ……。だけど、店も忙しかったし、金を稼ぐのが精一杯で……」

「仕事が忙しかった？　そりゃお互い様だ。こっちはな、介護していた和恵がくも膜下出血を起こして倒れちまって、俺が代わりにお袋の面倒を見てたんだ。そのお陰で、会社の仕事にしわ寄せがいって、辞めなきゃいけないところにまで追い込まれたんだ」一度噴き出した感情は怒濤《どとう》の流れとなって、もはや抑えようがない。「定収を絶たれた今となっては、退職金で暮らしていくしかないんだよ。お袋の問題に決着がつくまで、再就職をしようにもできないんだよ。そんな俺を前にして、よくも金を用立ててくれなんて言えたもんだ」

これが妹ならば、これほど腹も立たなかったろう。嫁いだ相手が能無しだったと諦めもつく。

しかし、同じ母親の腹から生まれてきた兄弟だ。男子たる者などと口にすれば、今の時代にと笑われるのがおちかもしれないが、実の親の面倒を見、最期を見届けるのは、やはり男子たる者の務めだと思う。

こいつがもう少ししっかりしていれば。せめて半分でも母の面倒を見てくれるだけの甲斐性があればと思うと、五十の声を聞こうというのに、いまだに困った時だけ兄弟の絆に縋《すが》ろうとしている弟が我慢ならなかった。

「そんなことになっていたのか……。知らなかった……」

「知っていたらどうにかなったのか。助けになってくれたのか。たかが六十万の金で四苦八苦しているお前に、何ができたっていうんだ」

弟は電話の向こうで押し黙る。

いつものことだった。都合の悪い時には口を噤《つぐ》み、こちらの怒りが収まるのを待つ。そして最後に血縁の絆を断ち切れぬ、家族の情に縋るのだ。

「悪いが、今回だけは駄目だ。だいいち、今まで用立てた金が返ってきたためしがない。お前の貸してくれは、くれと言っているのと同じことだ。返す自信があるのなら、金貸しでもどこからでも借りたらいい」

弟の頼みを突っぱねる言葉を吐いたが、その一方で、久しく会っていない甥《おい》の顔が脳裏に浮かぶと、早くも感情が揺らぎ始める。

六十万円の金を捻出することもままならない親元から、裕福な家庭の子女が通う私立中学、高校で学んだ雅之が、周囲との経済格差に惨《みじ》めな思いをしたことは想像に難くない。

多感な少年期において、着る服も、学用品も、日々の交際費にも事欠いたであろう。進学校とはいえ、学校が引けた後には塾通いをするのは当たり前だが、それも叶わなかったに違いない。そんな環境にありながら、よくもグレもせず、難関中の難関を見事に突破した甥の心根が、何ともいじましく思えてくる。

「いつまでに欲しいんだ」

暫しの沈黙の後、私は溜息を漏らしそうになるのを耐え、呻いた。

「十五日が締め切りなんだ……」

重い口調だが、どこかにしてやったりとでも言わんばかりの響きがある。

「本当に返す気があるのか。今度ばかりは今までのようにはいかないぞ。俺だって苦しいんだ」

「大丈夫。必ず返す」

「だったら担保を出せ。お前の必ずは当てにならんからな」

そんなものがあるなら、そもそも借金など申し込んできやしまい。これも悔し紛れというものか、私は思いつきざまに言った。

「担保?」

はたして、弟は不意を突かれて二の句が継げない。

「お前だって、毎度兄弟の情に縋って、金を無心するのは不本意だろう。金を返せなきゃ、それ相応の形になるものを出せば少しは気が楽ってもんだろう」

「金になるものなんて、ウチには何もないよ」

「じゃあどうやって返すんだ。まさか、子供が独立するまで、借金は据え置きしろなんて言うんじゃないだろうな」

「もし、返済がそこまで延びたら、どんな仕事でもして返すよ。マグロ船にだって何だって乗るさ」

「それだけの覚悟があるなら、とっくの昔にやってるだろう。だいいち、四十半ばの男に大金と引き換えの重労働が勤まるか」

性格というものは、生涯改まるものではないらしい。相変わらずの無計画さに、また怒りが込み上げてきたが、思わず口をついて出た『重労働』という言葉が引き金になって、脳裏に一つの考えが閃《ひらめ》いた。

「担保にできるものがないというなら、労働で支払えよ」

「どういうことだ」

「前に会った時、パートに出ている留美子さんの時給が八百円かそこらで、年収にして二百万程度にしかならないって言ってたよな」

「ああ」

「学費に今まで、年に幾らかかっていた？」

「昨年までは、諸費用合わせて百万円ってとこかな」

「それで、今年からは？」

「五十三万……」

「ってことは、授業料は今までの収入で何とかやりくりはできるわけだな。よし、六十万円は用立ててやる。その代わり、留美子さんが毎日ウチに来て働け。それで借金を返せ」

「兄さんの家で何をしろってんだ」

「決まってる。お袋の介護だ」

これまで、頭の中で縺《もつ》れに縺れて、解《ほど》き方の糸口さえ見つからなかった難問解決の鍵が、はっきりと見えてきた気がした。

私は続けて言った。

「俺に代わって留美子さんがお袋の介護をする。俺はその労働に対して対価を支払う。時給八百円。一日八時間の労働なら六千四百円。月二十五日として十六万円。六十万円の借金は四ヵ月弱で完済だが、その間に俺が次の仕事を探し、再就職することが叶えば、それ以降、留美子さんに対する労働の対価として、十六万円程度の金はなんとか支払い続けられる。要はスーパーのレジの仕事を替えろ。お袋の介護を仕事にしろってことだ」

そう、身内の介護は労働ではなく、義務である。そこに代償が生ずるものではないと考えていたことが、間違いだったのだ。

どうしてもっと早くに気がつかなかったのかと、私は臍《ほぞ》を噛んだ。

端から生活の苦しい弟一家は、介護の戦力とはなりえないと思い込んでいたのが、今にして思えば、私の人生を狂わせることになったのだ。母の認知症を弟に知らせ、義妹のパートの時給を聞かされた時、「その程度の給料なら俺が払う。だから介護を手伝え」と言えば、和恵の負担も減り、くも膜下出血など起こさずに済んだかもしれない。私にしたところで、会社を辞めるどころか、今頃はプロジェクトを無事に纏め上げ、取締役の椅子を射止めていたかもしれない。

「留美子がお袋の介護か……」

「悪い話じゃないだろう。親の面倒を見るのは子供の務めだ。お前もさんざんお袋に迷惑をかけてきたんだ。このまま、何一つ親孝行らしいことをせずにお袋を見送ったら、一生悔いが残るだろう。それに正直、俺は俺で稼がなきゃならない。お袋だけじゃなく、まだウチには義彦がいるからな。留美子さんが貰っていた程度の金は払う。そして俺は新たな職に就く。これが、俺たち兄弟にとっては一番いい方法だ。そう思わないか」

「分かった……。たぶん留美子は嫌だとは言わないと思うよ。お袋には何度も金を出させたし、米や野菜を送り続けてもらっていたことに、あいつも随分感謝していたからね。家計の心配さえなければ、いの一番に駆けつけて世話をしたいと思っていたに違いないだろうし……。とにかく今日にでも、兄さんの申し出を話してみるよ」弟はそこで暫し沈黙すると、「兄さん……」

改まった口調で呼び掛けてきた。

「何だ」

「本当に申し訳ない。お袋の面倒もないがしろにした上に、兄さんが職場を追われるまで追い込んでしまって……。俺がもっとしっかりしていれば……だけど、俺は、何とかみんなに喜んでもらおうと。散々迷惑をかけた分、補って余りある成功を収めようと……」

弟は電話口で泣いているようだった。

「迷惑をかけるつもりはなかったことは分かっているさ。もう過ぎたことは忘れろ。とにかく、お袋が最期を迎えるその時まで、精一杯家族で看病してやる。それが一番の親孝行だ」

私は空に目をやった。視線の先に、まだ固く閉ざした桜の蕾がある。長い冬も間もなく終わる。この桜が薄紅色の花を宿す頃、我が家の長い冬も明けるに違いない。私はそんな予感を覚えながら、胸が仄《ほの》かに温かくなってくるのを感じていた。

23

留美子がパートをやめ、我が家に通い始めたのは、それから十日後のことだ。

思えば彼女に会うのは、雅之が小学校に入学して以来のことだったから、かれこれ十二年ぶりのことである。留美子は目に涙を浮かべ、「来ようにも来られなかった」

と長い不義理を詫びた。

心情は痛いほどよく分かる。母が床に臥した当初は、私の方には、まだ経済的に余裕もあれば、人手もあった。一方の弟の方は、日々の生活をどうするかを考えなければならない状況が続いていた。あの時点で介護に加わっていれば、雅之の学費を捻出するのは不可能であったことに疑いの余地はない。親が子を案ずるように、子は親を案ずる。将来ある子供の前途を断つような行為は断じてできないのが親なら、子は親の介護を疎《おろそ》かにするわけにはいかない。

彼女は苦しんだのだ。弟もまた苦しんだのだ。

不遇を託《かこ》つことになった経緯を考えれば、皮肉の一つ、愚痴の一つもこぼしたい気持ちはあったが、彼女の目に光るものを見た瞬間、私はすべてを許す気持ちになった。

留美子は甲斐甲斐しく母の世話を始めた。朝七時から夕方六時まで、母の傍らを一時たりとも離れない。

まだ本調子ではない和恵の代わりに、率先して家事もこなした。

最初は「身内に家の中の仕事をさせるのは気が重い」と言っていた和恵も、彼女の献身的なまでの働きぶりを見るにつけ、次第に信頼を寄せるようになった。

家庭内の問題に目処が立った私は、早々に職探しを始めた。

幾つかの人材斡旋《あっせん》会社に登録し、担当者の面接を受けた。

しかし、どこへ行っても、社歴が邪魔をする。北米事業部の部長がどうして、文書管理室に回されたのか——。

事情を正直に話しても、別に理由があるのだろうと言わんばかりに、担当者の質問はそこに集中する。

中途採用。ましてや、大会社の部長まで務めた人間の再就職である。斡旋する方、採用する方としても、管理職としての即戦力になる人間を探し求めているのだ。社歴はその能力の有る無しを判断する、重要な判断材料になる。

順調にキャリアを積み重ねてきた挙句、最後で左遷された——。その一点の曇りが、再就職においては仇《あだ》となるのだから冷酷なものである。

もちろんハローワークにも出掛けた。

パソコンの前に座り、ひたすら条件に見合う働き先を検索する。

しかし、この条件というのが難しい。財務にいて会計の知識がある。法務・審査の経験がある。あるいは物流のスペシャリストだというなら、苦労はしなかったかもしれない。大企業が持つ管理部門のノウハウを欲しがっている中小企業は世の中に幾らでもあるからだ。

英語に堪能、国際ビジネスの経験があると経歴書に並べ立てても、通じているのは家電業界限定である。加えて年齢という壁もある。

なまじ上級管理職であるがゆえに、かえって使い勝手が悪いと思われるのか、何とか応募資格に見合いそうな求人に応募しても、書類選考で撥《は》ねられてしまう。

「はっきり申し上げて、唐木さんはオーバースペックなんですよ。うちに求人を出すのは、ほとんどが零細企業ですからね。応募された相手だって困っちゃうんじゃないですか」

ハローワークの相談員は、冷たい言葉を投げつける。

そんなことは言われなくても分かっていた。

公共機関に求人を出すのは、斡旋業者に金を払うだけの余力もない、あるいは、それほど高いスキルを必要としない働き手を求めている会社がほとんどであることも知っていた。

しかし、私にも生活がある。家を守り、義彦が一人前になるまでの学費を捻出しなければならない義務がある。ましてや、一旦ハードルを下げれば、再転職のチャンスに巡り合ったとしても、今度はそれが基準となる。

家庭内の問題が解決し、前途に希望を見いだした気がした分だけ、再就職先がなかなか決まらない現実は、私を心底痛めつけた。ハローワークへ向かう気も失せ、一日の大半を公園で過ごす日も多くなっていた。

桜の花はとうに散り、公園の木々には萌《も》えるように青々とした葉が繁っている。照りつける日差しが、剝《む》き出しになった首に熱く照りつける。そんなある日、出がけに資源ゴミとして捨てられていた新聞を広げページを捲っていると、紙面の片隅に新役員人事を報じる記事が目に飛び込んできた。

三國電産株式会社　新　取締役国際事業本部長　芝草大介　〈取締役国際事業本部長　桑田幸司氏は退任〉

ひりりと心臓が、小さな鼓動を打つ。

分かり切っていたことでも、本来ここには自分の名前があるはずだったのだと思うと、息が苦しくなった。

日付を見ると、二週間ほど前のものである。

おそらく今頃は、新しい主《あるじ》となった役員室で、芝草はついにボードメンバーの座をものにした充足感に浸っているに違いない。桑田は更なる上のポジションを手にすることはできなかったが、高額な慰労金を貰い、優雅な老後を決め込むつもりでもいるのだろう。

それを考えると、サラリーマンにとって重要なのは、万事においてまさに『無事これ名馬』、個人の能力もさることながら、不慮の出来事によって足を止めることなく走り続けられるかどうかが明暗を分けるのだと思った。

だが、そんな思いに駆られたのも、一瞬のことだ。

問題は仕事を見つけなければ、冗談ではなく破綻《はたん》の時が来るということだ。

銀行口座には、これまでの貯金と退職金を合わせて五千万円近くの金がある。毎月、給与として決まった額が入ってくる見込みがあるのなら、大金には違いない。しかし、ローン、留美子への支払い、義彦の学費、日々の生活費と、いかに生活を切り詰めたところでかかるものはかかる。

もうこれしかないのだ。この金が尽きたら生活できないと思うと、恐怖の念に襲われる。

眠れぬ夜が続いた。

家は、義彦は、家族は——。

いっそ、すべてを擲《なげう》ち、母を連れ、秋田の田舎に帰ろうかと考えるようにもなった。

マンションを売り、ローンを清算すれば手元に幾ばくかの金が残る。生活コストも都会よりは遥かに安くつく。義彦には申し訳ないが、私にしたって高校までは秋田で過ごし、東京の大学に入ったのだ。彼に、それができないわけがない。

しかし、その一方で、秋田に帰ったところで、何をやればいいのだという思いもある。

若者でさえ職を求めるのが難しい過疎の町だ。贅沢は言わない、何でもやると言っても、五十を過ぎた男を雇ってくれる職場などありはしない。

携帯電話が鳴ったのは、そんなある日のことだった。

「唐木さんですか」

どこかで聞き覚えのある声が訊ねてきた。

「はい――」

「トンプソン・リサーチの野上《のがみ》です」

一度会ったきりの人材斡旋会社の担当者だった。

「あっ、どうも――」

携帯電話を握る手に力が入る。鼓動が速くなる。期待の大きさに言葉が続かない。

「転職、どちらかにお決まりになりましたか」

「いえ、それがまだなんです。どうもうまくいかなくて」

「そうですか。実はですね、唐木さんに興味を持たれている会社がありまして。もしよければ、お時間を頂戴できればと思いまして」

藁《わら》にも縋る思いというのはこのことだ。

「是非。いつでも空いています。今日これから伺っても構いません」

私は即座に返事をした。

「そうですか。それでは、一時でいかがでしょう。こちらに御足労願えますか」

「分かりました」

私は、すぐに身支度を整えると家を出た。

24

トンプソン・リサーチは、芝《しば》公園近くの高層ビルの中にあった。

受付で来意を告げると、程なくして野上が現れた。

歳の頃は五十代半ば。私とさほど変わりはない。人を斡旋する仕事を生業《なりわい》としているだけあって、物腰は柔らかく、身なりもきちんとしている。

「御足労おかけしました。どうぞお掛けください」

面談室に入り、勧められるまま、椅子に腰を下ろすと、

「唐木さんは、三國電産が建設したノースカロライナ工場の建設、販売ネットワークの構築全般を指揮したんでしたよね」

野上はテーブルの上に分厚い職務経歴書を置いたまま切り出した。

「はい、そのとおりです。会社を辞める半年ほど前まで、プロジェクトの責任者として働いておりました」

「三國電産をお辞めになったのは、お母様に続いて奥様が倒れられ、その介護が必要になり、仕事に専念できなくなったからでしたね」

「田舎で一人暮らしをしていた母が骨折したので東京に呼び寄せたところ認知症になりまして、今度はその介護に当たっていた家内が続けて倒れたのです。そうなると、面倒を見る人間がいません。それで会社を空けることが多くなりまして――」

「しかし、これほどの実績を積み重ねてきた人材を、いきなりラインから外したりするものでしょうか。リーダーとして置いておくわけにはいかないとしてもアドバイザ

ー、あるいはそれに類する席を設けて処遇するものではありませんかね。本当にそれだけですか。他に何か理由があったのではありませんか」

やはり最後に配属された部署が気になるらしい。野上は直截に問うてくる。

「それについては、私自身に反省するところも多々あったと思います」

「あなたに落ち度があったと？」

「母に続いて家内が倒れた時に、即座に上司に事情を打ち明けていれば、あんなことにはなっていなかったでしょう」

「どうして、すぐに話さなかったのです」

「家庭内に介護が必要な人間が二人いる。重要な案件を抱えている部下に、そう告げられたら、あなたならどうします。そのまま仕事を任せておけますか？」

野上は少し困ったような顔をして考え込む。私は続けた。

「おそらくどんな会社でも、そうした事情を抱えた人間が出れば、職務遂行能力に不安を抱くでしょう。ましてや、社運を懸けた事業です。仕事に支障をきたす前に、ポジションを外されてしまうかもしれない。私はそれを恐れたのです。それに、この仕事の成果如何に、私の出世が懸かっていたこともあります。この仕事を成功に導けば、役員のポジションが見えてくる。しかし、外されればその目は消える。サラリーマンならば、誰しもがボードメンバーに名を連ねるのは夢です。その目を自らの手で潰すようなことは考えられなかったのです」

「なるほど。家族を守る人間としての役割と、組織の中での個人の役割のバランスをどう取るか。ましてや、そこに自己実現が懸かってくるとなると、確かに難しい問題ですね」

野上は頷いた。

「自分が窮地に立っていることを正直に告げなかった結果、組織に迷惑をかけることになった。そもそも判断に迷った時点で、責任ある立場に立つ人間としての資質に欠ける。そう言われてしまえば、返す言葉がありません。ですが、いずれを優先させたところで、悔いが残ったと思います」

「ということは、未だにどちらが正しかったか、結論を見いだせずにいるわけですか」

「結論が見いだせずにいるというよりは、納得がいかないと言ったほうが当たっているかもしれません。プロジェクトを外されたことで、家族の介護に専念できる状況が整ったことは確かです。閑職に追いやられたとはいえ、それまでの生活環境を維持できる報酬を三國が支払ってくれていたことも事実です。その点では、三國に感謝してはおります。しかし、結果として私が、三國の中で築き上げてきたキャリアが台無しになり、自己実現の夢は閉ざされてしまった。それは厳然たる事実ですからね」

「誰かを恨んでいると」

「いいえ。それはありません」私は首を振った。「私を外した上司の判断は正しかったと思います。実際私がその立場なら、同じ断を下したでしょう。母、家内が患《わずら》った病も、いつ誰の身に降りかかってもおかしくないことです。特に私のような年代になれば、むしろ起こりうることとして考えておかなければならなかったことです。あえてそれに目を瞑《つぶ》り、最悪の事態への備えを怠《おこた》ってきた。仕事を行う上では、あらゆるリスクを想定し、万全の方策を講じることを常に念頭に置いていたのに、最も身近な家庭内のリスクに注意を払わなかった。それは誰の責任でもありません。私の責任です」

「なるほど、失ったものは大きかったが、得たものもあったようですね」

野上の目が微かに緩む。

そういえば、と思った。

「得たものといえば、二つありますね」

私は言った。

「それは何です」

「一つは家族の絆です。結婚式の誓いの言葉ではありませんが、苦しき時も、楽しき時も、すべてを分かち合うのは夫婦に限ったことでありません。難事に当たっては、兄弟、親族の協力なくしては、解決できない。頼れる者に頼ることは、恥じることではないと改めて気がつきました。ある意味、家族もまた組織ですからね。問題は一人で抱え込まない。それぞれが、知恵を絞り、できうる限りの力を発揮して対処しないと、事態は悪化するだけです」

「それでもう一つは？」

「万事において、身に降りかかる出来事は運命と受け入れ、前に進むしかないのだという覚悟をすることです。今の私がなすべきことは、過去を悔やむことではありません。どんなことがあっても家族を守る。それ以外にないということです」

「しかし、お母様は介護が必要でいらっしゃるわけですね。奥様の健康状態も万全とは言えない。状況は何も変わっていないように思えるのですが、その点はどうなんでしょう」

「母の介護についての問題は、すでに解決しています。そうでなければ、再就職先を探すことなどできません。今度また与えられた任務を途中で放り出すような事態に陥れば、組織に迷惑をかけるだけでなく、私自身の信用も失墜します。そんなことになれば、それこそどこの会社にも相手にしてもらえなくなりますからね」

「なるほど」野上は頷くと、「唐木さん。海外勤務は可能ですか」

改めて訊ねてきた。

「もちろんです。認知症の母を抱えておりますので、家族揃っての赴任は不可能ですが、単身赴任でもいいというのであれば、どこへでも行く覚悟はあります」

「実は、唐木さんに興味を示しているのは、韓国の家電メーカーなんです」

「すると、勤務地は韓国ですか」

「いえ、アメリカです。ソウルにある本社との往復ということになると思います」

「アメリカ？」

「ネオ電機、ご存じですよね」

もちろん知っている。ネオ電機は家電から重電までカバーする、韓国最大級の総合電機メーカーである。

私は頷いた。

「今さら唐木さんに説明するまでもありませんが、アジアの家電市場での韓国メーカーの台頭は著しいものがあります。もはや唯一の例外が日本と申し上げてよろしいかと思います。しかし、ここにきて、その勢力図にも変化が表れておりましてね」

「中国勢の台頭ですね」

「そうです。中国メーカーが力をつけてくれれば、当然国家は自国産業の育成に力を入れる。中期的スパンで考えれば、海外メーカーにとって、中国市場はそれほど美味《おい》しい市場とはいえなくなるでしょう。かといって、中国ほどの巨大市場は世界のどこを見渡しても、もはや残されてはいません。ならば、先進諸国の中で、新たな市場を開拓する以外に激烈な競争に生き残る道はない」

「ネオは新たな市場として、アメリカに目を付けたというわけですね」

「そうです」野上は頷くと続けた。「財政赤字、雇用と数多《あまた》の問題を抱えているとはいえ、アメリカが消費大国であることに変わりはありません。ネオは、アメリカに現地工場を建設し、アメリカ人のニーズに合った製品を製造販売するプロジェクトを計画してるんです」

「そのプロジェクトに私をと？」

「アメリカ進出のコアになる製品は白物家電。まさに三國が行ったことそのものをネオはやろうとしているわけですが、アジア市場において、韓国勢が確固たるシェアを築いたといっても、白物家電は日本勢の後塵《こうじん》を拝しているのは事実です。いち早くそ

の分野でアメリカに進出した三國に追いつき追い越すのは容易なことではありませ
ん。そこで、今回三國で、ノースカロライナに工場を建て、パワーグリーンと契約を
結び、販売ネットワークを構築したあなたに目を付けたというわけなんです」
「三國で行ったことを、今度はネオでやれというわけですか」
「簡潔に言えばそういうことです」
野上はきっぱりと言い放った。
ありがたいオファーには違いなかった。
ノースカロライナ工場を立ち上げるまでには、幾多の問題があった。プロジェクト
に関わる多くの部署との折衝、調整、その過程で生み出された様々な技術。その悉《ことごと》
くが応用できるのだから失敗などするわけがない。
しかし、私は返事を躊躇《ためら》った。
かつて半導体市場が日本企業の独壇場であった時代、後発であった韓国企業が、法
外な報酬で日本人の技術者をスカウトし、ノウハウを学んだことは広く知られた事実
である。なかには、日本企業に在籍したまま、週末に韓国へ飛び、密かに技術を売
り、法外な収入を手にした人間がいることも知っている。
製品作りのノウハウ、販売網の構築。いずれも一朝一夕に確立できるものではな

い。ましてや、一つの製品を世に出すまでには、開発の過程において莫大な資金を使う。当然、開発費は製品の販売価格に転嫁されるわけだが、すでに知識も技術もある人間から学んでしまうだけなら、個人には法外な額でも、企業にとっては安いものだ。

半導体市場で、韓国企業があっという間に日本製品を凌駕《りょうが》し、圧倒的シェアを握ったのは、そうした背景があってのことだ。

なるほど、私の働きぶりは評価されるだろう。高額な報酬も得ることにはなる。しかし、ネオの目的がそこにある以上、誘いに乗ることは紛れもない三國に対する裏切り行為である。

まして、狙いが三國時代に身に付けたノウハウにあることは分かっている。用済みになれば、放り出されるのは目に見えている。安定雇用とはほど遠い。

「私もこうした仕事を長くやっておりますのでね、唐木さんのお気持ちはお察ししますよ」野上は静かに言った。「三十年もお勤めになった会社ですからね。そこで培ったノウハウを売る。抵抗を覚えるのは当然です。ましてや、相手はライバル会社ですからね」

「確かにそこは引っ掛かりますね。不本意な形で辞めざるをえなかったとはいえ、三國に世話になったことは事実ですから……」

「でもね唐木さん。そこを割り切って考えられないと、仕事は絶対に見つかりませんよ」

「えっ」

「だってそうでしょう。相手が求めているのは、学生のようなダイヤモンドの原石じゃないんですよ。入社すれば報酬に見合う働きをする即戦力なんです。今までの会社人生の中で積み上げてきた経験、知恵、知識なんです。それが、古巣で身に付けたものだから、それを使えば、かつて身を置いた組織に不利になるなんて考えていたら、あなたの何を買えと言うのです」

野上の言うことは正鵠《せいこく》を射ている。

私は再び押し黙った。

「学歴？　人柄？　そんなものじゃない。この人間を採用すれば、確実に役に立つ。報酬以上の利益を齎《もたら》す。そう思うからこそ採用するんでしょう」

「確かに……」

「まあ、あなたに限らず日本企業で働く多くの方が、同じような考えを抱くものですがね。でもね、もし、職を求められるなら、外資でも構わないとおっしゃるのなら、そんな考えは捨てるべきです。どこの国であろうと、ライバル企業であろうと、自分を認めてくれる会社なら、どこでもいい。そう割り切らなければ、はっきり申し上げて、再就職先なんて絶対に見つかりませんよ」

野上は断言すると、私の目を見据えてきた。

「おっしゃることはごもっともですが、三國の製品作りのノウハウをライバル企業に売ることになるわけですから、やはりそれは道義的にどうかと――」

しかし、自分のキャリアを活かせるチャンスは、これが最後であることに疑いの余地はない。

私は語尾を濁した。

「ねえ、唐木さん」野上はひと呼吸置くと続けて言った。「あなたは、ネオにプロジェクトマネージャーとして迎えられた場合、三國で行った仕事をそのまま踏襲しようとお考えですか」

「いいえ。そんなつもりはありません。三國で行った仕事を通じて、たくさんのことを学びましたし、やり遂げられなかったこと、改善すべき点、考えるところは多々あります。より効率いいオペレーション、より優れた販売網を造り上げずして、ネオに満足してもらえるとは思えません」

「つまり、三國で学んだことをベースにするが、そこから先はあなたのオリジナルの仕事ということになるわけですね。それがはたして、世話になった三國を裏切ることになるんでしょうか。かつての仲間から糾弾《きゅうだん》されるような行為になるんでしょうか」

なるほど、言われてみればそれも一理ある。野上はさらに続けた。

「仕事は学問と同じじゃないでしょうか。先人が死に物狂いで見いだした知識を当り前のように学び、その上に立って理論を発展させる。製品開発だってそうですよね。企業が莫大な経費と人員を使って生み出した製品でも、それが広く普及すれば誰もがその製品のコンセプトを応用してよりよいものに育て上げていくものでしょう。洗濯機、冷蔵庫、テレビ、何でもそうです。誰かが原型を生み出せば、同じ製品を作る企業が必ず現れる。だけど、それは基本的な機能が同じだというだけで、後に続くメーカーは、独自の技術を用い、よりよいものに進化させていく。ただコピーするだけの製品では、出したところで売れはしない。それどころか、会社の信頼性そのものも問われることになる。改善と新技術、よりよいオペレーション。あなたに期待されているのは、まさにその部分なんですよ」

「ネオは、そこまで私を買ってくださっているんですか」

「買っています」野上は断言した。「何しろ、あなたを推薦したのは、桑田さんですからね」

「桑田さんが？　桑田さんが私をネオにとおっしゃったんですか」

私は信じられぬ思いで訊ねた。

「ネオは、三國のアメリカ工場の設立、それに伴うマーケティング戦略の行方を、多大な関心を持って見守ってきました。先ほど申し上げたように、ネオにとっても、アメリカ市場への本格進出はかねてからの懸案事項。踏み切るのは時間の問題でしたからね。三國の動きは絶好のケーススタディになると考えていたわけです。それが非常にうまくいった。特に、販路の拡大整備は見事という他なかった。正直な話、ネオは現体制をもって、これから三國のあとを追いかけるのは相当に難しくなったと焦ったようです」

「それで退職した桑田さんに？」

「ええ。三國のアメリカ工場設立、マーケティング戦略を担当した桑田さんにプロジェクトを指揮してもらえれば、まず間違いはない。もっともマネージャーでは無理があるでしょうから、顧問という形ででもお願いできないか。我が社にヘッドハンティングの話を持ち込んできたわけです」

「しかし、どうしてそこで私の名前が出てくるんです」

「桑田さんは健康上の不安を抱えていらっしゃるようですね。プロジェクトを成功されたのに、三國をお辞めになったのは、それが理由でいらしたようなんです」

「どこかお悪いのですか」

「詳しいことは分かりませんが、とにかくその際に、桑田さん、こうおっしゃったんです。あのプロジェクトを全面的に指揮したのは唐木さんだ。お母様の介護、奥様の病という問題に直面しなければ、唐木さんは、間違いなくあのプロジェクトを成功に導いた功績をもって、自分の後任として役員の座に就いていたはずだとね。惜しい、可哀想だとも思ったが、組織を預かる者としては、あのままのポジションに置いておくわけにはいかなかった。しかし、有能な人物であることは間違いない。もし、家庭の状況が改善されているのなら、自分は唐木さんを推《お》す。間違いなく、期待どおりの働きをするだろうと」

「桑田さんは、私がネオを利するような仕事に就いても構わないとおっしゃったんですか」

「ええ」野上は大きく頷いた。「三國で学んだことを糧にして、よりいい製品、より効率のいいオペレーション、さらにはより強大な販売ネットワークをアメリカ市場に造り上げる。それは結果として、三國を窮地に追い込むことになるかもしれない。しかし、おそらくそれはいっときの現象に過ぎないだろう。ビジネスの世界では停滞は衰退に繋がる。抜かれれば抜き返すしか生き残る道はない。三國はさらにいい製品、オペレーションを確立しようと必死に巻き返しを図るだけだ。そして三國には、その力もあれば、人材もいる。それは部下を育ててきた自分が誰よりも知っているとね」

言葉が出てこない。胸に熱い塊が込み上げてくる。

喜びと感謝。人の情けの深さ、温かさを、この歳になって初めて思い知った気がした。

野上は口元に笑みを宿すと再び口を開いた。

「唐木さんは、いい上司に恵まれましたね。これまで幾度となくヘッドハンティングを行ってきましたが、かつての上司が辞めていった部下を薦《すす》めるなんて、初めての経験でしたよ。正直、あなたが三國、あるいは桑田さんを恨むような言葉を漏らすなら、ネオにはお薦めできない。この話は、私のところで終わりにしようと思っていたんです。ご自分の身に降りかかった苦難を受け止め前に進む。そうした人間でなければ、大きな仕事は成し遂げられませんからね。しかし、どうやらそれは杞憂《きゆう》だったようです」

返す言葉がなかった。

誰かを恨んだかという野上の問い掛けに、そんなことはなかったと答えはしたが、心のどこかで桑田の仕打ちを恨む気持ちはあったと思う。

しかし、長年仕《つか》えた部下を切る。それも成功裏に終わるプロジェクトの完成間際。ましてや役員の椅子を目前にした男をである。

桑田にしても、あの決断を下すに当たっては、苦しい思いをしていたのだ。

私は今さらながらに、組織の長たる者のあり方を見せつけられたような気がした。

「どうです、唐木さん。桑田さんがそこまでおっしゃってくださってるんです。ネオもあなたの実績は調査の上で、是非にと言ってるんです。新しい会社で、心機一転頑張ってみませんか。あなたがライバル会社で実績を上げる。それは決して三國を裏切ることではありません。むしろ、三國に残ったかつての部下に、そうした生き方もあるのだと希望を持たせることにも繋がると思うのですが」

もはや、断る理由などなかった。

「お願い致します。是非お世話になりたいと思います」

私は、目頭が熱くなるのを覚えながら、頭を下げた。

25

ネオとの面接を終え、トンプソン・リサーチを通じて、オファー・レターが届いたのは、それからひと月後のことだった。

年俸三千万円。勤務地はサンフランシスコ。住居費はすべてネオが持つ。ただし、最初の半年間は試用期間で、本採用に至るかどうかはその間の働きぶりによって改めて決定するとあった。

書面を持つ手が震えた。安堵の気持ちが込み上げてきた。

組織に身を置き、禄を食む。ただそれだけのことが、これほどありがたいことかと改めて思う。

それは和恵も同じである。

留美子の手を借りながら、母の介護に当たる時間も長くなった。何よりも、物事を前向きに捉えるようになったのも、私の心を強くした。

久々に見る心からの笑顔――。家の雰囲気も変わった。部屋に入り込む日差し、照明の強さも、それまでとは比べ物にならないほどに明るくなったように感ずる。

絶望のどん底を抜け出した先に見えるもの、それが希望であることを私は改めて実感する。希望を見いだせた自分が、いかに幸運であることかとも思う。

渡米までに与えられた準備期間は十日。しかし、単身赴任である上に、ネオが用意した住居は家具付きのアパートである。持っていくものは、当面の衣類とパソコン、そして資料ぐらいのものだから、一日もあれば事足りたが、それも一瞬の間に過ぎた。失意に暮れる日々は長く苦しいものだが、希望に満ちた時間はあっという間に過ぎ去ってしまうのだ。

そして出発当日の朝が来た。

まだ七時半を過ぎたばかりだというのに、すでに留美子は来宅しており、一日の始めの仕事である母のおむつ換えを終わらせている。和恵は本調子とは言えないまでも、力を使わない家事は、無理なくこなせるほどに快復しており、三度の食事を用意するのは彼女の役割だ。

「じゃあ、行ってくるよ」

私は車椅子に乗せられ、リビングに現れた母の手を握った。

母の認知症はまた進んだようで、これといった反応はない。虚ろな視線を宙に向け、時折瞬《まばた》きを繰り返すだけである。しかし、こうして家族に囲まれた表情を見ていると、以前よりもずっと穏やかになったような気がする。

「心配しないで。お義母さんのことは、しっかり面倒見ますから。それに、留美子さんもいるんだから」

「私もできるだけのことはしますから。どうぞご心配なく」

和恵に続いて、留美子が言う。

「すまんな。二人任せにしちまって……」

「こうして、安心してお世話してあげられるのも、働き口があればこそよ。仕事が見つかるまでの日々を思えば、幸せだと思わなくちゃ。家のことは心配しないで仕事に精出して、どんどん稼いでちょうだい。義彦だってまだ先は長いんですからね」

和恵が冗談めかした口調ながらも声に力を込めた。

「分かってる。俺だってあんな思いをするのは、二度と御免だ。それにこれが最後のチャンスだしな。精一杯がんばるさ」

「お父さん、ちょっと待ってて、駅まで一緒に行こう」

子供は親の心情を敏感に察知するものだ。三國を退職してからは、沈みがちで表情に乏しかった義彦も、以前の明るさを取り戻していた。

「よっちゃん。落ち着いてやれば、ばっちり解けるんだから。しっかりね」

留美子が介護に来てくれるようになって恩恵を受けたのは、私たち夫婦だけではなかった。

学生時代から勉強が得意だった留美子は、中学生レベルの数学や英語は楽にこなす。雅之が難関大学に入学できたのは、彼女がパートを終えた後、深夜に至るまで勉強を見てやったからだ。

母の介護の合間に、時間を見つけては義彦に教え、あるいは添削をするのが、彼女の日課のようになっていた。

こうして和やかな家族の空気を感ずると、呪いもした母に降りかかった病が、実は疎遠になっていた私たち兄弟の絆を修復し、かつ家庭の絆をも深めるための神の思し召しであったのではないかと思えてくる。

「今度、日本に戻るのは、半月後ね」

和恵が言った。

「ああ。ソウルの本社で会議がある。帰りは週末にかかるし、成田経由だから一晩だが戻ってこられる」

「じゃあ、その時にはご馳走作って待ってるわ」

「だったら、皆呼んだらどうだ。信吾も、雅之もさ。ねえ留美子さん」

「えっ、いいんですか」

「考えてみりゃあ、二つの家族が一堂に会して飯を食ったことなんて、一度もなかったんじゃないかな。いい機会だ。是非そうしよう」

留美子が心底嬉しそうに微笑《ほほえ》みながら頷く。

「じゃあ、行くか」

私は義彦を伴って朝の街に出た。

新品の革靴のきつい感触が、久々に手にするスーツケースの重みが心地よい。歩を進めるたびに、家族との距離は遠ざかるのだが、それが新たな赴任地へ近づいていくことだと思うと、高揚感が込み上げてくる。

駅前の交差点には、信号待ちの人々が群れをなしている。サラリーマンになって三十年。日々目にした光景が新鮮に見える。群れの中に戻れる喜びと安堵が胸中を満たす。

ふと見上げると、初夏の高い青空が広がっている。朝の日差しが、強く、輝いて目に映る——。

「お父さん、信号変わったよ」

義彦の声で我に返った。

「おう、すまん」

私はスーツケースを持ち直すと、きっと前を見据えて大きく足を踏み出した。

（本書は平成二十三年七月、小社から四六判で刊行されたものを、文庫化に際し、著者が加筆・修正を加えたものです。なお、この作品はフィクションであり、登場する人物および団体はすべて実在するものといっさい関係ありません）

一〇〇字書評

切り取り線

購買動機（新聞、雑誌名を記入するか、あるいは○をつけてください）

□（　　　　　　　　　）の広告を見て	
□（　　　　　　　　　）の書評を見て	
□ 知人のすすめで	□ タイトルに惹かれて
□ カバーが良かったから	□ 内容が面白そうだから
□ 好きな作家だから	□ 好きな分野の本だから

・最近、最も感銘を受けた作品名をお書き下さい

・あなたのお好きな作家名をお書き下さい

・その他、ご要望がありましたらお書き下さい

住所	〒				
氏名		職業		年齢	
Eメール	※携帯には配信できません	新刊情報等のメール配信を 希望する・しない			

この本の感想を、編集部までお寄せいただけたらありがたく存じます。今後の企画の参考にさせていただきます。Eメールでも結構です。

いただいた「一〇〇字書評」は、新聞・雑誌等に紹介させていただくことがあります。その場合はお礼として特製図書カードを差し上げます。

前ページの原稿用紙に書評をお書きの上、切り取り、左記までお送り下さい。宛先の住所は不要です。

なお、ご記入いただいたお名前、ご住所等は、書評紹介の事前了解、謝礼のお届けのためだけに利用し、そのほかの目的のために利用することはありません。

〒一〇一-八七〇一
祥伝社文庫編集長　坂口芳和
電話　〇三（三二六五）二〇八〇

祥伝社ホームページの「ブックレビュー」からも、書き込めます。
http://www.shodensha.co.jp/bookreview/

祥伝社文庫

介護退職《かいごたいしよく》

平成26年 9月10日　初版第1刷発行

著　者　楡周平《にれしゆうへい》

発行者　竹内和芳

発行所　祥伝社《しようでんしや》

東京都千代田区神田神保町 3-3

〒101-8701

電話　03（3265）2081（販売部）

電話　03（3265）2080（編集部）

電話　03（3265）3622（業務部）

http://www.shodensha.co.jp/

印刷所　堀内印刷

製本所　関川製本

カバーフォーマットデザイン　芥陽子

Printed in Japan ©2014, Shuhei Nire　ISBN978-4-396-34058-2 C0193